스켈레톤 마스터

WISHBOOKS GAME FANTASY STORY

더페이서 게임 판타지 장편소설

스켈레톤 마스터 8

더페이서 게임 판타지 장편소설

초판 1쇄 찍은 날 | 2019년 1월 22일
초판 1쇄 펴낸 날 | 2019년 1월 29일

지은이 | 더페이서
펴낸이 | 예경원

기획 | 위시북스
편집책임 | 이규재
편집 | 위시북스

펴낸곳 | 예원북스
등록번호 | 제396-2012-000132호
등록일자 | 2012. 7. 25
KFN | 제1-363호

주소 | 경기도 고양시 일산동구 호수로 646-24 위너스21 II빌딩 206A호 (우)10401
전화 | 031-819-9431 팩스 | 031-817-9432
E-mail | yewonbooksnaver.com

ISBN 979-11-89824-07-5 04810
979-11-89348-43-4 (set)

※ 이 도서의 국립중앙도서관 출판시도서목록(CIP)은 서지정보유통지원시스템 홈페이지(http://seoji.go.kr)와 국가자료공동목록시스템(http://www.nl.go.kr/kolisnet)에서 이용하실 수 있습니다.

스켈레톤 마스터
8
WISHBOOKS GAME FANTASY STORY
더페이서 게임 판타지 장편소설
Wish Books

스켈레톤
마스터

✦✦✦ CONTENTS ✦✦✦

제1장
귀찮은 녀석

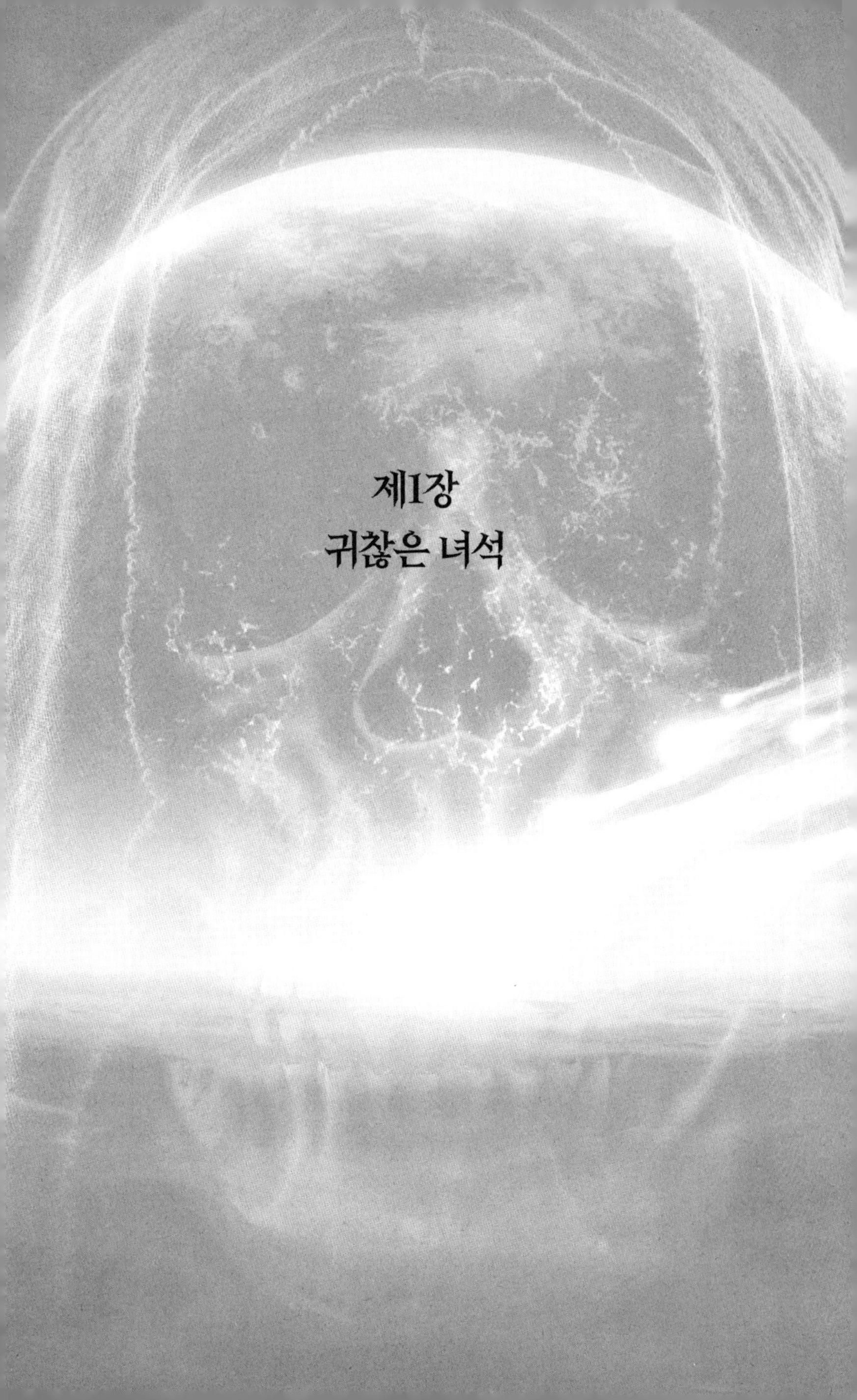

무혁의 눈이 가늘어졌다.

[투명 화살(본체)]

언트루 아처만이 사용할 수 있는 투명 화살이다.

추가 공격력 +22

힘 +2

내구도 5/5

특수 스킬 : 투명 화살 복제.

사용 제한 : 언트루 아처.

[투명 화살 복제]

한 번 사용하면 사라지는 투명 화살을 만들어낼 수 있다.

무혁의 입가가 씰룩거렸다. 핵심 아이템이 손에 들어온 까닭이었다. 비록 사용할 순 없지만 가치는 무궁무진했다.

운이 좋았네. 이거라면…….

한 가지 사악한 생각이 머리를 스치고 지나갔다.

하지만 이내 고개를 털어내고 전장을 살폈다. 루돌프가 죽었음에도 PK 유저들의 움직임은 여전히 기민했다. 감정을 모르는 기계 같았다. 무혁은 서둘러 전장으로 난입했다.

"크읍!"

빠른 속도로 녀석들을 정리하며 아이템을 챙겼다.

['아머아처2'가 역소환…….]

그 와중에도 놈들은 발악했다. 스켈레톤들이 역소환되었지만, 무혁에겐 의미가 없는 일이었다. 시간만 흐르면 또다시 불러낼 수 있었다.

마음껏 죽여라.

그 대신 무혁은 그들의 목숨을 앗았다.

잠시 후 정리를 끝낸 무혁이 아이템을 하나씩 확인했다.

"어……?"

"왜 그래?"

"아, 이 티셔츠."

"티셔츠? 그런 아이템도 있구나."

성민우는 이내 관심이 없다는 듯 바닥에 놓인 다른 아이템을 확인했다. 무혁은 그런 성민우를 바라보며 말했다.

"이거 내가 쓴다."

"그래."

곧바로 티셔츠를 착용했다. 참으로 마음에 들었다.

한편 죽어버린 루돌프가 괴성을 질렀다.

"아, 젠장!"

솟구치는 짜증을 가라앉혔을 즈음 전화가 울렸다.

"뭐? 다 뒤졌다고? 하, 진짜 노답이네. 끊어!"

곧바로 아스라한에게 전화를 걸었다.

-죽었나 보군.

"그래, 죽었다, 병신아."

-어쩔 건가?

"뭘 어째. 길드원 다 불러야지."

-전부 다?

"당연하잖아!"

-흐음, 그건 썩 마음에 들지 않는데.

"미친놈, 네가 먼저 불렀잖아!"

-그야 소환수가 너무 많아서 그랬을 뿐.

"됐고, 끊어!"

전화를 끊은 루돌프는 24시간을 어떻게 보내야 할지 감을 잡을 수가 없었다. 초중반에 몇 번 죽은 것을 제외하고는 한 번도 죽지 않았었기에 더욱 난감했다.

"하아, 더럽게 지겹다."

최근 썸을 타는 여자를 불러 함께 점심을 먹었다. 그래도 시간이 남아서 백화점에 들러 필요도 없는 물건을 사버렸다.

문제는 그럴수록 지루함이 더 차오른다는 사실이었다. 가슴 언저리에 있던 답답함이 목구멍까지 올라왔다.

더 이상은 버틸 수가 없었다.

"재미없다. 그냥 갈란다."

"응? 오빠, 무슨 소리야."

"간다고."

"버, 벌써?"

"어, 나중에 연락해라."

여자를 버려둔 채 주차장에 세워둔 차에 올랐다. 집으로 돌아가 침대에 누워 멍하니 TV 화면을 바라봤다.

그나마 다행이라면 시간의 흐름은 누구에게도 공평하다는 사실이었다. 어느새 저녁이 찾아왔다.

"음?"

이리저리 채널을 돌리던 그가 갑자기 손을 멈췄다.

-그럼 지금부터 일루전의 세계가 독점적으로 촬영한 보물 던전으로 떠나보실까요!

-고고!

마침 무혁이 나온 까닭이었다.

"으으, 젠장. 또 짜증 나네."

그에게 압도적으로 당해 버린 게 너무 자존심이 상했다.

방심해서 그래, 방심해서.

스스로를 다독이며 화면에 집중했다.

그래, 저 스켈레톤들! 강해도 너무 강해.

솔직히 심각한 수준으로 언밸런스하지 않은가. 무슨 직업의 균형을 이렇게 맞춘 것인지.

일루전 홈페이지에 접속해 항의 메일을 보냈다. 감정 섞인 욕설은 반발심을 살 뿐이다. 이성적으로 상대해야 한다.

[내용 : 일루전을 즐기는 유저로서…….]

자신이 적은 글을 훑어봤다.

아주 좋아.

보내기를 누르고 몇 분이 채 지나지 않았을 무렵 답변이 도착했다는 메시지에 서둘러 확인했다.

[내용 : 일루전을 즐겨주셔서 감사합니다. 문의한 내용을 확인한 결과, 루돌프 유저님의 답답함을 이해할 수 있었습니다. 하지만 일루전은 그 자체적으로 성장하며 역사가 만들어지는 또 다른 세계입니다. 그렇기에 곳곳에 감춰진 무수한 정보가 있을 것입니다. 게임을 제작한 제작자로서가 아니라 그저 관찰자로서 유저들의 성장과 일루전의 과거와

현재, 그리고 미래를 지켜보는 것이 도리라 생각하며…….]

순간 벙쩌 버린 루돌프였다.

무슨 답변이…….

결국 개입할 의사는 없다는 소리였다.

쳇, 몰라!

타악.

미간을 찌푸리며 노트북을 닫고 다시 TV를 봤다.

보물을 발견하는 장면과 몬스터와의 접전까지.

-재밌으셨나요?

-와우, 엄청 흥미롭던데요.

-다음 주는 더 재밌을 거랍니다!

-기대해 주세요!

예고편이 나왔는데 보는 순간 표정이 구겨졌다.

아, 젠장.

아스라한과 루돌프. 두 사람이 잠깐 등장한 것이다.

그것만으로도 알 수 있었다, PK를 걸었다가 오히려 당하는 모습이 다음 주에 나올 거란 것을.

분노에 몸을 떨며 거의 밤을 새워 버렸다. 해가 떠오르기 시작할 무렵에야 겨우 잠이 들 수 있었다.

다음 날 24시간 페널티가 끝나자마자 일루전에 접속한 루돌프는 가장 먼저 어떤 아이템을 떨어뜨렸는지를 확인했다.

뭘 떨어뜨린 거지?

처음엔 발견하지 못했다.

"어……?

그러다 뒤늦게 한 가지 아이템이 없음을 깨달았다.

아, 아냐. 착각이겠지.

고개를 흔들며 투명 화살을 하나씩 확인했다.

[투명 화살(1회용)]

언트루 아처만이 사용할 수 있는 1회용 투명 화살이다.

추가 공격력 +22

힘 +2

내구도 5/5

사용 제한 : 언트루 아처.

확인할 때마다 루돌프의 안색은 창백해져만 갔다.

아냐, 그럴 리가 없잖아.

그 많은 아이템 중에서, 이 무수한 복제품 중에서 어떻게 본체가 떨어질 수 있단 말인가. 확률이 낮아도 너무나 낮다. 루돌프는 몇 번이고 확인했지만, 본체는 나오지 않았다.

"없어, 없어, 없다고!"

정말 말도 안 되는 일이 일어났다.

"아, 아아……."

절망의 늪에 빠진 기분이다. 허우적거릴수록 깊어진다. 벗어날 수 없는 좌절의 공간. 이젠 욕도 나오지 않았다.

단 한 가지! 무혁.

오직 그를 찾아야 한다는 생각만이 뇌리를 가득 채웠다.

찾아서 어찌할 것인가는 나중에 걱정해도 늦지 않으리라.

루돌프가 움직이기 시작했다, 반쯤은 죽어버린 눈동자로.

같은 시각. 아스라한 역시 인벤토리를 뒤적거리고 있었다. 최근에 얻은 보물, 민소매 티셔츠가 사라졌다. 아마도 무혁이 지니고 있으리라. 어차피 그를 이기기 위해서 한동안 쫓아다닐 생각이었다. 이젠 거기에 티셔츠를 돌려받아야 한다는 새로운 이유까지 더해졌다.

그럼에도 아스라한은 귀찮은 표정이 아니라 오히려 진심으로 즐겁다는 듯 미소를 지었다.

"더 맛있어졌겠군."

이해할 수 없는 말을 중얼거리면서 말이다.

오싹한 한기가 전신을 스쳤다.

뭐, 뭐지……?

다급히 사방을 훑어봤지만 특별것이 보이진 않았다.

흐음, 착각인가?
그래도 썩 기분이 좋지는 않았다.
으으.
몸을 한 차례 떤 무혁은 다시 소환수들의 시야를 하나씩 확인했다. 하지만 특별한 것은 없었다. 정신적인 피로 때문인지 머리가 조금 무거워졌다.
쉬어야겠다는 생각을 하며 벽에 등을 기대었다.
"상당히 이슈더라구요."
"홈페이지도 난리죠?"
"네, 민우 씨도 보셨나 봐요."
"그럼요. 기본이죠!"
성민우가 호탕하게 웃었다.
워낙 목소리가 커서 듣고 싶지 않아도 귀에 박혀왔다.
"이슈?"
호기심섞인 한마디가 유라와 성민우의 시선을 붙잡았다.
"어? 이제 소환수 시야 안 봐?"
"쉬는 중이야."
"그럼 쉰다고 하셨어야죠."
유라와 성민우가 다가왔다.
"어, 그게."
이럴까 봐서.
무혁은 속으로 투덜거리며 그냥 입을 다물어 버렸다.
"어제 일루전의 세계 봤지?"

"응."

"보물 발견한 장면이랑 아이템 성능이 나오면서 난리가 났다잖아. 랭커들도 뒤늦게 뛰어들기 시작했다던데?"

"랭커들이?"

"어, 근데 꽤 늦지 않았으려나?"

"아직 몇 번이나 더 있을지는 모르겠지만 말이에요."

유라가 성민우의 말에 호응했다.

"네 생각은 어때?"

"으흠."

꽤라고 표현할 수준은 아니었다.

한참 늦었지.

보물을 발견하지 못할 확률이 아주 높았다. 남은 리셋은 겨우 두 번. 짧으면 5일에서 6일, 길어도 10일 안으로 던전이 완전하게 사라질 것이다.

그 안에 과연 몇 개의 보물을 찾아낼 수 있을까? 기껏해야 1개이리라.

"힘들겠지."

"그치?"

뒤늦게 참가하는 랭커에게는 관심을 끊어도 될 것이다.

"자, 다시 가 볼까요?"

"아, 네!"

김민호 PD의 말에 다들 몸을 일으켰다.

이미 소환수로 살펴본 길이 대부분이었기에 몬스터가 나타나지 않으면 그냥 지나쳤다.

본래라면 구석진 곳은 직접 확인을 했겠지만 지금의 무혁에게는 스컬 스네이크가 있었기에 오히려 사람이 확인하는 것보다 더 꼼꼼한 탐색이 가능했다. 굳이 한 번 더 확인할 필요가 없었던 것이다.

쉼 없이 나아갔다. 그러다 갈림길이 나오면 한 곳을 택했고 유저와 마주치면 가볍게 인사도 했다.

그때 무혁이 갑자기 지면을 찼다. 윈드 스텝을 사용한 것인지 눈에 보이지 않을 정도였다. 그가 멈춘 곳은 어떤 유저의 앞이었다.

당장에라도 검을 뽑아 목을 베어버릴 것처럼 살기등등한 표정으로 유저를 노려봤다.

"고개 들어."

로브를 깊게 눌러쓴 유저가 고개를 들었다.

붉은 눈동자. 악명이 200을 넘겼다는 소리다.

그 녀석들이군.

뒤늦게 다가온 성민우가 고함을 내질렀다.

"어제 그 녀석 아냐?"

"아마도."

"허어, 이 녀석들이!"

프로그램 관계자들도 급하게 뛰어왔다.

모두 분노한 얼굴이었다.

"와, 심하네. 어제 그렇게 시비를 걸어놓고는 오늘 또?"

"볼 거 있어요? 죽여 버리죠."

그때 붉은 눈동자의 사내가 울상을 지으며 입을 열었다.

"자, 잠시만요."

"……."

"이번에는 싸우려는 게 아닌데요."

"싸우려는 게 아니라고?"

"네, 길드장님이 한 번 뵙자고……."

유저의 말에 무혁이 희미하게 웃었다.

알겠군. 아마도 투명 화살 때문일 것이다. 굳이 만날 필요는 없었다.

조금 더 간을 졸이게 만드는 것이 무혁에게 유리했으니까.

"만나자는 말을 했다고?"

"네."

천천히 검을 회수하는 무혁의 모습에 PK 유저의 표정이 밝아졌다. 하지만 이어진 행동에 얼굴이 어둠으로 물들었다. 검날에 씌워진 바람이 두 눈에 보일 정도였으니까.

콰앙!

충격을 받은 사내가 뒤로 밀려났다.

"제, 제 말 좀……!"

"듣기 싫어."

연이어 공격을 퍼부었다.

풍폭, 풍폭.

PK 유저는 말을 내뱉지 못한 채 죽어버리고 말았다.

희미하게 사라지는 PK 유저.

"으, 어……."

그 모습을 보며 무혁은 스스로가 정말 많이 변했다고 느꼈다. 예전 성격이었으면 아마도 PK 유저의 말을 끝까지 듣고 정말 진지하게 고민까지 했으리라.

괜한 상념이 머릿속을 어지럽히는 그때.

"이번엔 또 뭘 떨어뜨린 거야?"

성민우가 쾌활하게 다가오며 무혁의 손에 들린 물건을 확인했다. 덕분에 쓸데없는 상념을 잊을 수 있었다.

"장갑이네?"

무혁이 갑자기 그걸 성민우에게 내밀었다.

"어? 왜?"

"쓰라고."

"내가?"

성민우가 고개를 갸웃거리며 장갑을 쥐었다.

[흑암수]

공격력 165

마법 공격력 190

모든 스탯 +2

내구도 300/300

사용 제한 : 힘60, 체력60, 지식40.

성민우의 눈이 반짝였다.
"와우, 엄청난데?"
지금 사용하고 있는 아이템은 공격력이 너무 낮았다.
"진짜로 내가 쓴다?"
"써."
"오케이!"
한층 더 강해지리란 생각에 웃으며 아이템을 바꿨다.
검은 장갑은 평범해 보였지만 능력은 확실했다.
"고맙다. 잘 쓸게."
괜한 인사에 낯이 근질거렸다.
"그러든가."
성민우가 웃으며 가벼운 어투로 물어왔다.
"근데 어쩔 거냐?"
"뭘?"
"아까 그 유저, 하는 말 들어보니까 뭐……."
"만나자는 거?"
"어."
"뭘 어째. 무시해야지."
성민우의 묘한 표정에 무혁의 의문을 표했다.
"왜?"
"아니, 일루전 하기 전이랑 많이 바뀐 거 같아서."
"그런가?"
"예전보다 훨씬 보기 좋아."

"내가 좀 찌질했었지."

"좀이 아니라 많이."

"이 자식이!"

"왜? 한판 붙어보게?"

성민우가 자세를 취했다.

"그럴까?"

무혁이 스켈레톤들을 모았다.

"야, 그건 반칙이잖아."

"반칙은 무슨."

성민우와 장난을 치고 있는데 문득 한 가지가 스쳤다.

아, 토너먼트.

머지않아 랭킹 최강전이 펼쳐지리라. 아직은 그곳에 나갈지 안 나갈지 알 수 없었다. 솔직히 지금 당장의 심정으로는 귀찮은 마음이 더 크기도 했다.

아무튼 장난을 좀 치다가 다시금 보물찾기를 이어갔다.

무혁과 성민우가 보물 던전을 탐색하고 있을 때 누군가는 새롭게 발견한 정보를 어떻게 이용할지 궁리하고 있었다. 가장 간단한 것은 방송으로 퍼뜨리는 것. 그다음이 유료게시판을 이용하는 것이었다.

뭐가 좋을까?

고민하다가 두 가지 방법을 다 사용하기로 했다.

방송국에 전화를 걸었지만, 크게 흥미를 갖지 않았다.

아, 뭐야?

마지막으로 일루전 드림을 방영하는 방송국에 전화를 걸었다.

여긴 너무 큰데.

오히려 너무 커서 안 될 것이라 여겼다.

그래도 해보긴 해야지.

통화가 이어지고.

"네, 새로운 직업에 관한 정보를 제공하고 싶어서요."

-어떤 종류의 직업이죠?

"네크로맨서요."

-아아, 네크로맨서라. 사실 인기가 많지 않은 직업이라…….

"지금 최상위 유저가 지닌 직업이라면요?"

-최상위 유저?

"네."

전화기 너머 목소리가 달라졌다.

-확실합니까?

사내는 본인이 알고 있는 정보가 꽤 정확한 편이라 자부하고 있었다. 심지어 꼬장꼬장한 영감을 만나기까지 했었고 그에게 매달린 끝에 몇 가지 사실을 들을 수 있었으니까.

그 순간 지금까지 쌓아왔던 정보와 결합되면서 한 가지 결론에 도달했다. 그 유저가 어째서 그렇게나 강할 수 있었던 것인지를 말이다.

"확실해요."

-좋습니다, 진짜라면 방송 역시 그냥 이번 주로 당길 수 있는 특급이군요. 일단 만나서 자세하게 이야기를 해보죠. 오늘 시간 괜찮으신가요?

"물론이죠."

가장 큰 방송국에서 계약을 하자는 말이 나왔다.

좋았어!

이제 유료게시판으로 가 볼까.

일루전 홈페이지에 접속해 유료게시판에 글을 작성했다.

[제목 : 숨겨진 직업, 네크로맨서에 관하여.]

[내용 : 우연치 않게……]

프로그램 '일루전 드림'이 방송되는 날 이 게시물 역시 다시 떠오를 것이다. 그렇게 믿으며 사내는 외출 준비를 했다.

일루전 드림은 일루전의 세계와 함께 3대 방송에 속한 프로그램이었다. 시청률도 높았고 본방을 사수하는 애청자도 많았다. 황금시간대인 금, 토, 일 저녁에 배치된 프로그램이 아님에도 불구하고 인기가 제법 있었다.

-오늘은 아주 엄청난 정보를 가지고 왔는데요.
-엄청난 정보라, 그게 뭘까요?
-바로 숨겨진 직업에 관한 정보랍니다!
-우와! 숨겨진 직업이요?
-네, 엄청 궁금하시죠?
-완전 궁금해요! 빨리 알려줘요, 네?

MC들의 유치한 연기가 호기심을 자극했다.
둘 다 미녀이기에 가능한 거겠지만.

-그럼 떠나볼까요?
-와아!

화면이 바뀌었다.
평범한 네크로맨서 유저가 등장했다. 이런저런 퀘스트를 이어가며 성장했고 그러다 어느 구석진 곳에서 꼬장꼬장한 늙은이와 만나게 되었다.
숨겨진 직업에 관한 본격적인 이야기가 펼쳐졌다.

지루함에 등을 벅벅 긁고 있던 발시언 영감은 갑작스러운 기척에 고개를 휙 하고 돌렸다.

오, 녀석이 온 건가?

하지만 반가운 티를 내고 싶지 않아 들썩거리는 엉덩이를 애써 억눌렀다. 곧이어 노크 소리가 들렸지만 인내했다.

잠깐의 침묵이 이렇게도 견디기 어려울 줄이야.

나도 늙었군.

발시언 영감은 허탈하게 웃었다.

똑, 똑.

다시 들려오는 노크 소리에 이번에는 참지 못하고 몸을 일으키며 문을 거칠게 열었다.

"이놈, 왔으면 말을……."

그런데 눈에 담긴 이는 무혁이 아니었다.

"엥? 누구냐?"

"아, 안녕하세요."

"안녕 못 하다."

"……."

발시언이 미간을 찌푸렸다.

"누구냐고!"

"아, 그게 위브라 제국 도서관 사서가 가 보라고……"

그 말에 발시언의 표정이 변했다.

"그 녀석이?"

"아, 네."

"크흠, 들어와라."

안으로 들어가 마주 앉았다.

유저는 뭔가 어안이 벙벙한 표정이었다. 일루전 드림에서 생략한 정보를 얼떨결에 파악하여 여기까지 오기는 했는데 지금부터 무엇을 어떻게 해야 하는지는 몰랐던 것이다.

"그래, 여기까지 왔다면 직업은 네크로맨서겠지?"

"아, 맞아요."

"그렇군. 조폭 네크로맨서에 대해 들어본 적이 있나?"

"네? 아, 네."

일루전 드림에서 들었으니 당연히 알고 있다.

"알고…… 있다고?"

"네."

그 순간 발시언 영감의 눈이 치켜떠졌다.

"간사한 것!"

그러고는 강력한 힘이 실린 손을 내뻗었다. 어둠의 기운에 휩쓸린 유저는 몸이 움직이지 않는 압박을 느꼈다.

"왜, 왜 그러세요?"

"조폭 네크로맨서는 극히 일부를 제외하고는 그 누구도 알지 못하거늘……!"

그제야 유저는 자신의 실수를 깨달았다.

"아, 아니, 그게……"

"누가 말해준 것이더냐! 어서 말하지 못할까!"

"호, 홍보! 홍보하는 걸 봤어요!"

"음? 홍보……?"

"네!"

"홍보라니, 누가……?"

그 순간 무혁이 떠올랐다.

"아아?"

조폭 네크로맨서의 위상을 드높이라는 말에 어쩌면 홍보를 했을지도 모를 일이었다. 하지만 지금은 확인할 수 없었기에 눈앞의 유저를 받아들일 순 없었다.

"흐음, 나중에 다시 찾아와라."

"예?"

"알아볼 것이 있으니 다음에 찾아오라고 하였다."

"아, 알겠습니다."

유저가 다급히 빠져나갔다.

똑똑.

다시 혼자만의 시간을 갖게 되었다고 여긴 순간, 또다시 노크 소리가 들려왔다.

"다음에 다시 찾아오라고 하지 않았더냐!"

"예? 어, 저기……"

그런데 들리는 목소리가 달랐다.

"엥?"

끼이익.

놀란 발시언이 문을 열었고 시야에 들어오는 십여 명의 유저를 바라보며 멍한 표정을 지었다.

"이게 어찌……."

"도서관의 사서가 이곳으로 가 보라고 하여서 왔는데요."

"그, 그 녀석이 또?"
"네."
"……."
얼떨결에 그들을 안으로 들였다.
"조폭 네크로맨서에 대해서 아느냐?"
여기서 머리가 좀 돌아가는 유저가 서둘러 대답했다.
"그게 뭔가요?"
"흐음, 모른단 말이지?"
"예."
"좋아. 내 특별히 설명을 해주지. 아주 예전……."
말을 이어가는 발시언 영감의 입가로 은은한 미소가 그려졌다. 더 이상 그의 얼굴에서 외로움이나 쓸쓸함을 찾아볼 수 없었다.

이번 던전 역시 길지 않았다.
"30분 남았네요."
"이제 나갈까요?"
"그러죠. 시간도 꽤 늦었으니 던전에 다시 입장하고 쉬는 걸로 합시다."
다들 동의하고 직선으로 움직여 길의 마지막으로 향했다.
그 길의 끝, 희미하게 빛나고 있는 공간으로 손을 뻗었다.

화아아악.
세상이 바뀌었다. 던전 외부로 나온 것이다.
다시 줄을 서기 위해 움직이려는데 익숙한 차림새의 사내들이 다가왔다.
"저 새끼들이 진짜."
로브를 깊게 눌러쓴 유저들. PK범들이었다.
무혁의 생각대로라면 저들은 결코 시비를 걸지 않으리라. 하지만 대화를 나누게 되면 괜히 마음이 약해질까 봐서 성민우를 말리지 않았다.
"소환."
무혁 역시 스켈레톤을 모두 소환했고 다가오는 유저를 향해 공격을 퍼부었다.
"자, 잠깐……!"
루돌프가 손짓했지만 신경 쓰지 않았다.
부르탄, 기파. 아머아처, 파워샷. 연사.
아머나이트, 강한 일격. 아머기마병, 돌격.
무혁 역시 화살을 날렸다.
풍폭, 강력한 활쏘기. 멀티샷!
순식간에 난장판이 되어버렸다. 죽어버린 유저 역시 열 명이 넘어갔다. 바닥에 떨어진 아이템들을 줍기 위해 잠깐 돌아다닌 후 다시 전투에 집중했다.
히드라, 스컬 스네이크.
집중적으로 루돌프만 괴롭혔다.

"크, 크읍!"

긴 전투 끝내 결국 다수가 죽고 루돌프와 일부만이 남게 되었다.

"젠장! 이야기 좀 하자고!"

"이야기는 무슨."

무혁은 무시한 채 검을 휘둘렀다.

서걱.

크리티컬이 터지면서 루돌프가 죽어버리고 말았다.

지난번보다 훨씬 약한 것을 보아하니 중요 아이템 대부분을 아이템 보관소에 맡긴 모양이었다.

툭 하고 떨어진 아이템을 확인했지만 예상대로 잡템이었다. 그래도 팔면 몇 실버라도 받을 것이기에 인벤토리에 넣었다. 나머지까지 처리한 후 다시 줄을 섰다.

"계속 찾아오네요?"

김민호 PD가 다가왔다.

"아, 네."

"그 아이템이 특별한가 봐요?"

"꽤 특별하죠."

"처분은 어떻게 할 생각인지?"

"흐음."

고민하는 무혁을 화면에 담은 PD는 만족한 표정이었다.

"자, 그럼 줄부터 서죠."

10분 후 새롭게 생겨날 던전에 입장하기 위해 줄을 섰다.

"숨겨진 직업?"

"어, 몰라?"

앞에서 꽤 큰 목소리가 들려왔다.

"나랑 상관없잖아."

"뭔 소리야. 너랑 완전 상관있는데."

"어? 나랑?"

"그렇다니까!"

숨겨진 직업 이야기인 모양이었다. 성민우와 유라도 흥미롭게 그들의 대화에 귀를 기울이고 있었다.

무혁은 의아한 표정이었다. 한 가지 있기는 하다.

이 시기에? 설마?

예상대로였다.

"조폭 네크로맨서래."

"병신아, 나도 네크로맨서야."

"아니, 그냥 네크로맨서가 아니라 조폭 네크로맨서라고!"

"조폭……?"

"어!"

"무슨 이름이 그따위야? 조폭만 할 수 있는 거냐?"

"조폭처럼 졸개들을 어마어마하게 데리고 다닌다고 해서 조폭 네크로맨서라고, 이 등신아!"

드디어 조폭 네크로맨서에 관한 정보가 퍼진 것이다.

성민우의 시선이 무혁에게 꽂혔다.

"야, 야. 이거……."

"알아."

"와. 솔직히 좀 아까운데? 네 직업이 벌써 퍼진 거냐?"

"그러게."

"어디서 퍼졌지? 아침에만 해도 그런 정보는 없었는데."

그 순간 유라가 다가왔다.

"잠깐, 잠깐만요."

"에?"

"지금 무혁 씨 직업이라고 했어요?"

"아, 그게……."

이미 퍼진 정보. 더 이상 숨길 필요는 없었다.

"실은 제가 최초의 조폭 네크로맨서거든요."

"우와, 진짜요?"

"네, 진짜요."

사실 무혁이 보통의 네크로맨서가 아니란 것은 한눈에 봐도 알 수 있는 부분이었다. 그렇기에 직업이 궁금했었는데 물어보지 못하고 있었다.

사실 다른 사람의 직업은 일루전 유저들끼리도 꽤나 민감한 부분이었기 때문이다. 숨겨진 직업이라는 콘텐츠로 인해서 밝히고 싶어 하지 않는 유저들이 꽤 되었으니까.

물론 조폭 네크로맨서는 이제 오픈된 직업이라고 봐도 무방하겠지만 말이다.

"좋아요? 그 직업?"

"시간만 들인다면 충분히 좋죠."

너무나 당연한 말이었다. 그렇기에 인정하는 유라였다.

모든 직업이 그렇다. 시간을 들인다면, 또 노력한다면 어떤 직업이라도 특별해질 수 있다. 그게 바로 일루전이다.

"숨겨진 직업이었군요."

"놀랐죠?"

"대충 짐작은 했지만……."

그때 앞에서 소란이 일어났다.

"어, 저기!"

"와, 진짜 완전 사라지네."

던전이 사라지는 걸 처음 목격하는 유저들이 꽤나 시끄럽게 떠들고 있었던 것이다. 곧바로 새 던전이 생겨났고.

"자자, 어서 들어갑시다!"

누군가의 외침과 함께 줄이 빠르게 줄어들었다. 얼마 지나지 않아서 무혁과 그의 동료들도 던전에 들어설 수 있었다.

"흐음."

그 모습을 계속 지켜보던 아스라한이 등을 돌렸다.

지금은 안 되겠군.

루돌프와 길드원이 허무하게 죽는 것을 지켜봤다. 지금 자신이 다가가 말을 건네면 아마 루돌프와 마찬가지로 어이없게 죽을 가능성이 높았다.

물론 그와 싸우는 건 아주 즐거운 일이지만 마냥 죽어줄 순 없는 일이었다.

"어쩔 수 없지."

내키지 않아 전직하지 않았던 숨겨진 직업. 그걸 얻어야 할 순간이었다.

던전에 입성한 후 내일을 기약하며 로그아웃을 했다.

치이익.

열린 캡슐에서 몸을 일으킨 무혁은 찝찝함을 감내하고서 노트북이 놓인 책상 앞에 앉았다. 조폭 네크로맨서에 관해 어떤 정보가 풀렸는지 너무 궁금했던 것이다.

마우스를 움직여 자유게시판으로 들어가니 빠른 속도로 증가하는 게시물이 보였다.

[제목 : 보물 던전, 벌써…….]

보물 던전에 관한 이야기는 여전히 많았다.

그 사이사이를 차지하는 단어.

[제목 : 숨겨진 직업이 공개되었네요.]

숨겨진 직업이라는 단어가 곳곳에서 보였다. 그중에 한 가지를 클릭해서 들어가 봤지만 뻔한 이야기가 전부였다. 다른 것들도 살펴봤지만 역시나 마찬가지.

그렇게 10개 이상의 게시물을 더 살폈을 즈음. 드디어 꽤 괜찮은 게시물을 발견할 수 있었다.

[내용 : 오늘 저녁에 방영되었던 일루전 드림, 보셨나요? 거기서 네크로맨서와 연관이 있는 숨겨진 직업이 공개가 되었더라구요. 생략된 부분도 있었지만 아무튼 제 주변에서도 난리예요. 네크로맨서로 힘들게 일루전 하던 친구가 약 2시간 전에 조폭 네크로맨서로 전직을 했는데 완전 신세계라면서 얼마나 자랑을 하는지. 뭐, 그냥 스켈레톤은 본 캐릭터의 스탯 20프로를 추가로 얻는데 조폭 스켈레톤은 30프로라든가. 그리고 스킬도 완전히 초기화되는 것까지 감수했는데 초기화는커녕, 기존 스킬 레벨에 맞춰 보정된다더라고요. 그래서 전직하는 동시에 소환이 가능한 스켈레톤이 대략 20마리 정도 더 증가했대요. 물론 이건 레벨이 따라서 달라질 부분이겠지만요. 참고만 하세요.]

내용이 알차서 그런지 댓글도 상당히 달렸다.

ㄴ유비 : 제 친구들도 난리예요!

ㄴ아이스크림 : 저도 이 글 보고 전직했습니다! 진짜 스킬 레벨이 보정되더라고요. 소환할 수 있는 게 스켈레톤 종류뿐이긴 한데 전사, 아처, 메이지가 고루 있어서 좋았어요! 스탯도 증가해서 대미지도 쏠쏠했고요. 그냥 네크로맨서보다 훨씬 세요! 만족합니다. 너무 감사해요, 일루전! 대박나라!

└클루 : 네크로맨서 흥하겠네. 우리 전사 직업도 숨겨진 거 누가 발굴 안 해주나?

└해머 : 하, 네크로맨서 안 그래도 세잖아!

└유비 : 장난하세요? 네크로맨서 겁나 약하거든요.

└해머 : 내가 보기엔 충분히 세던데요, 무슨.

└유비 : 노답. 차단.

또 다른 게시물도 확인했다. 자유게시판은 더 없고. 정보게시판으로 향하니 실시간 베스트에 조폭 네크로맨서와 관련 있는 글이 한 개 올라와 있었다.

클릭해서 읽어보던 무혁이 탄성을 내뱉었다.

"어."

발시언에 관한 이야기가 있었던 탓이었다.

[내용 : 일단 위브라 제국 도서관으로 향해서……. 그 이후에 한 NPC를 찾아가야 하는데요. 여기서 특히 조심해야 합니다. 발시언, 그러니까 조폭 네크로맨서 직업을 주는 그 노인, 성격이 엄청나게 까다로워요. 그 노인이 조폭 네크로맨서에 대해서 아냐고 물으면 무조건 모른다고 답해야 합니다. 제가 안다고 대답했다가 죽을 뻔했어요. 아무튼 그 이후에 퀘스트를 얻을 수 있는데 그 퀘스트가 랜덤인 거 같더라구요. 제가 아는 친구랑 제가 얻은 퀘스트가 내용이 완전히 달랐으니 이건 확실합니다. 또…….]

그 내용에 절로 상황이 그려졌다.

고함을 지르는 발시언, 툭툭 쏘아붙이는 말투.

웃음이 났다. 한 번 가긴 해야 하는데.

150레벨은 되어야 새로운 스킬을 배우지만 그전에 한 번 들를 생각이었다. 머릿속으로 간단한 일정 계획을 세운 후 홈페이지를 조금 더 둘러봤다.

더 이상 찾아볼 게 없을 즈음, 유료게시판으로 이동했다. 몬스터에 관한 공략법을 올린 후 노트북을 닫았다.

"으차."

몸을 일으킨 후 샤워실로 향했다. 깔끔하게 씻고 침대에 누웠다. 1분도 지나지 않아 코를 골기 시작하는 무혁이었다.

발시언이 근엄하게 고개를 끄덕였다.

"그래, 조폭 네크로맨서의 이름을 널리 알리거라."

"예!"

유저가 떠나자 근엄하던 표정이 사라지고 장난스러운 미소가 입가에 걸렸다. 외로움과 쓸쓸함을 느낄 여유가 없는 요즘이 정말 행복했다.

"이거, 참."

조폭 네크로맨서라는 직업은 인연의 이어짐으로 얻을 수 있다. 네크로맨서와의 인연, 도서관 사서와의 인연, 숨겨진 정보와의 인연, 그리고 발시언과의 인연, 시험을 통과해야만 하는 인연까지. 그 인연이란 것이 쉽게 이어질 수 있는 것은 결코 아니었다. 그럼에도 요즘 그런 인연을 얻는 자들이 넘쳐 나니 즐거울 수밖에 없었다.

"허허."

그때 또다시 노크 소리가 들려왔다.

똑똑.

자세를 한 번 고쳐 잡은 후 목소리를 최대한 깔았다.

"크흠, 들어오게."

오늘은 과연 몇 명이나 인연을 이을 것인가.

생각만으로도 흡족해졌다.

마지막 던전이었다. 이번에는 4일이 지나도록 아무도 보물을 찾지 못했다.

"꽤 느린데?"

"너랑 같은 생각을 한 걸 수도 있고."

사실 무혁은 이미 보물 3개의 위치를 알아낸 상태였다. 다만, 보물을 얻게 되면 48시간 후에 던전이 사라지기에 최대한 시간을 끌 요량으로 건드리지 않고 있었다.

어쩌면 다른 유저들 역시 비슷한 생각인지도 몰랐다.

"뭐, 상관없지."

누군가가 먼저 찾기 전까지는 보물을 건드리지 않을 생각이었다. 마지막이니만큼 최대한 많은 보물을 획득해야만 했으니까.

"근데 왜 이번에는 이렇게 시간을 끄는 거야?"

"붉은 탑은 클리어하면 끝났잖아?"

"그랬지."

"보물 던전이라고 끝이 없을까?"

"흐음, 글쎄."

"난 이제 곧 끝날 거 같아서."

무혁의 말에 다들 집중했지만 대부분 납득하지 못했다.

정말로 끝이 날까? 지금까지 계속 리셋이 되었는데?

"계속 유지될 수도 있잖아?"

"그렇게 보기엔 아이템의 옵션이 너무 뛰어나."

"사냥으로 아이템을 얻을 수 없으니 이런 던전 하나 정도는 있어도 되지 않을까?"

무혁은 알고 있기에 확신하는 문제였지만 다른 이들은 그렇지 않을 것이다. 이들을 설득할 생각 자체가 잘못된 것이다. 그렇게 인식을 하는 순간 마음이 편해졌다.

"네 말도 맞아."

"그치?"

"어, 나라고 뭐 정확하게 알겠냐. 그냥 열심히 보물이나 찾아보자고."

"오케이!"

그렇게 다시금 수색에 집중했다.

대략 3시간 정도 지났을까. 기다리던 메시지가 떠올랐다.

[총 1개의 보물이 발견되었습니다.]

[남은 시간은 47시간 59분 59초입니다.]

메시지의 내용이 달랐다.

남은 시간이라.

원래는 앞에 '리셋까지'라는 단어가 붙어 있었는데 이번에는 그 글귀가 보이지 않았다.

이렇게 알려주는구나.

알아차린 사람은 한 명도 없어 보였다. 무혁도 언급하지 않기로 했다.

"드디어 발견되었네요."

"네, 이제 가 볼까요?"

무혁이 유라와 김민호 PD를 보며 말했고 그들은 단번에 그 말의 뜻을 이해했다. 위치를 알고 있는 3개의 보물을 획득하기 위해 방향을 틀었다. 머지않아 목적지에 도착했고 그곳에서 보물 1개를 얻었다.

[총 2개의 보물이 발견되었습니다.]

3번째, 4번째 보물까지도.

"오, 그 검은 꽤 있어 보이는데?"

"이거?"

무혁이 검의 옵션부터 확인해 봤다. 분명 좋았지만 지금까지의 보물과 비교한다면 조금 부족한 점이 있었다.

"별론데?"

그러면서 성민우에게 넘겼다. 그 역시 옵션을 확인했다.

"어, 그러네."

그보다는 단순한 무늬의 검집이 더 신비스러웠다.

보물인데 검집이라?

당연히 호기심을 느낄 수밖에.

[끝없는 단련의 검집]

대장장이의 종족인 드워프는 뛰어난 검을 만드는 것에 집착했을 뿐만이 아니라, 그 뛰어난 검을 보관하는 검집에도 상당한 애착을 보였다. 하지만 사람들은 검집에 큰 관심을 보이지 않았고 결국 검집은 드워프의 마을 어딘가에 묻혔다. 어느 날, 여행자가 드워프 마을에 숨겨진 검집을 발견하게 되니, '끝없는 단련의 검집'이었다고 한다.

특수 옵션 : 형태 변화, 공격력 강화

[형태 변화]

검에 따라서 형태가 변한다.

[공격력 강화]

검을 검집에 보관할 경우 1분마다 0.1퍼센트씩 공격력이 상승한다. 최대 5퍼센트까지 상승하며 검집에서 뽑는 순간 10분간 지속된다.

정말 획기적인 아이템이었다. 이건 정말 필수였다.

쿠르칸의 장검을 뽑아 끝없는 단련의 검집에 보관했다.

"더 찾아야지?"

"오케이!"

남은 시간이 많지 않았다. 무혁은 평소보다 프로그램 관계자들을 닦달하여 휴식 시간을 최소로 줄였다. 덕분일까, 1시간을 남겨두고 보물 1개를 더 찾아낼 수 있었다.

"이번에는 리셋이 될 때까지 살펴보죠."

"어? 나가서 줄 안 서고요?"

"네, 괜찮지?"

성민우를 보며 물었다.

"네가 원한다면야."

성민우야 무혁의 의견을 따르는 편이었으니 문제가 없었다. 두 사람이 동의를 한 이상 다른 이들은 그저 고개를 끄덕일 수밖에 없었다.

그리고 그 노력을 빛을 발한 것인지 1개의 보물을 더 발견할 수 있었다. 그와 동시에 던전이 리셋이 되면서 밖으로 튕겨 나왔다.

"후우, 밖이네요."

"그러게요."

"이제 다시 줄을……."

그런데 뭔가가 이상했다.

"……."

아무리 기다려도 던전이 생겨날 기미가 보이지 않았다.

침묵은 그리 길지 않았다.

"뭐야, 왜 안 생겨?"

누군가의 그 말이 날아와 고막을 강력하게 두드렸다.

"설마……?"

"여기서 끝이라고?"

웅성거림이 짙어졌다.

하지만 유저들은 자리를 떠나지 않았다.

1분만 지나면 나타나지 않을까? 2분, 아니면 3분이라도.

희망의 끈을 끝까지 놓지 않고 하염없이 기다렸다. 함께 조금 기다리던 무혁이 등을 돌렸다.

"끝난 거 같죠?"

"아……."

다들 탄식을 내뱉었다. 하지만 아직 수긍하지 못한 김민호 PD가 고개를 저었다.

"조금만 더 기다려 보죠."

"좋으실 대로."

시간이 조금 아깝긴 했지만 상관은 없었다.

던전도 끝났고 오늘 하루 정도는 푹 쉴 생각이었으니까.

기다림의 시간이 흘러간다. 10분을 더 기다렸지만 여전히 던전은 나타나지 않았다. 그제야 김민호 PD도 고개를 끄덕이며 무혁에게 말했다.

"정말 끝났네요."

"네."

"참 신기해요."

무혁이 고개를 갸웃거렸다.

"촬영하면서 자연스럽게 깨달았는데 말이죠. 무혁 씨는 마치 모든 걸 알고 있는 것만 같다는 거죠."

"예?"

순간 놀란 무혁이 되물었다.

"그 정도로 감이 좋다는 말입니다."

"아, 하하……."

"근데 그 PK범들 말입니다."

"네."

"계속 괴롭힐 것 같던데, 괜찮겠어요?"

무혁이 부드럽게 웃었다.

한 번 정도는 더 확실하게 눌러줄 생각이었다. 물론 100퍼센트 이길 수 있다고 확신할 수 있는 쉬운 상대가 아니었기에 만반의 준비를 할 계획이었다. 물약도 제조하고.

그렇게 제압한 후에 한 가지를 제안할 생각이었다.

"괜찮아요."

"그렇게 말씀하신다면야."

"그럼 이제 가 볼까요?"

"그래야죠."

김민호 PD가 몇 가지를 확인하며 일루전에서 나갈 준비를 하는 사이, 유라가 다가와 아쉬운 표정으로 인사했다.

"아쉬워요."

"저도요."

"이제 나가면 또 스케줄이 꽉 차서……."

크게 한숨을 쉬는 유라였다.

"시간 나면 연락할게요!"

"그래요."

대답하는 무혁을 바라보는 유라의 눈동자에 말 못 할 아쉬움이 담겨 있었다. 무혁은 마치 아무것도 모르는 표정을 지으며 가볍게 웃었다. 그리고 적막감이 흘렀다.

다행스럽게도 김민호 PD가 그것을 깨뜨렸다.

"자, 이제 가 보겠습니다."

"네."

한 명씩 로그아웃을 했다.

"다음에 봐요."

유라도 손을 흔들며 사라졌다. 남아 있던 관계자까지 모두 로그아웃을 했을 때 성민우가 다가왔다.

"야, 야."

"어?"

"넌 왜 유라 씨랑 안 사귀냐?"

"어, 글쎄……."

"이야, 이거 진짜 멍청한 놈이네. 저렇게 예쁜데, 도대체 왜? 그러고 보면 너 이상하게 사람들이랑 벽을 치더라?"

흠칫한 무혁이었지만, 아무렇지도 않은 척 맞받아쳤다.

"내가?"

"그렇다니까. 허영찬도 그랬고. 맞아, 민아도 좋아했었잖아? 근데 전에 모였을 때 보니까 관심 없어 보이던데? 아니, 밀어낸다고 해야 하나?"

"착각이겠지."

"그런가?"

고개를 갸웃거리는 성민우였다.

"쩝, 아무튼 잘 해보라고."

"기회가 되면."

"기회는 무슨. 어휴, 멍청한 놈아."

성민우의 말을 무시하며 걸음을 내디뎠다.

"아무튼 말이야. 넌……."

쉴 새 없이 투덜대는 성민우를 바라보며 입을 열었다.

"가서 아이템이나 정리하자."

"아이템?"

"그래, 아이템. 보물들."

"크으, 좋지!"

성민우의 머릿속에서 연애라는 단어가 사라졌으리라.

"전부 다 하면 그게 도대체……!"

아이템. 거기서 파생된 돈이라는 글자가 전신을 휘젓고 있을 테니까.

이제 좀 조용하네.

무혁은 속으로 생각하며 군마를 소환했다.

"타고 가자."

"오케이."

군마에 올라 보물 던전이 있던 자리를 바라보았다. 참으로 아름다웠다.

그 순간 한 명의 사내가 앞을 막아섰다. 루돌프였다.

성민우가 눈을 가늘게 떴다.

"또 너냐?"

"싸우러 온 게 아니라고!"

"그럼?"

"대화를 하려고 왔다!"

"대화라?"

"그래. 화살, 가지고 있지?"

"흐음."

"우리 길드 유저만 500명이야. 마음만 먹으면 끝도 없이 죽일 수 있어. 하지만 그 화살만 나한테 다시 넘겨주면 다 없던 일로 쳐 줄 테니까 생각 잘하는 게 좋을 거야."

무혁이 피식 웃었다.

"할 말이 그거였어?"

"그래."

"좋아, 그럼 답을 줄까?"

루돌프가 가만히 기다렸다.

"죽여."

"뭐……?"

"죽여보라고."

무혁의 도발에 루돌프가 주먹을 강하게 쥐었다.

정말로 죽일까? 화살을 넘겨받지 못할 텐데?

몇 번 반복하면? 과연 굴복하려나?

확신할 수 없는 일에 도박을 걸 순 없었다. 굴복하지 않는다면 그야말로 망하게 되는 것이다.

그건 안 돼.

한발 물러서기로 결정했다.

"그러지 말고 좀 더 이야기를……."

루돌프의 눈동자가 흔들렸다. 그 순간 무혁은 승기를 잡았음을 느꼈다.

"뭐라고?"

"이야기를 조금 더 하는 게 어떨까 싶은데."

"지금 반말하는 거?"

"어……?"

"반말하는 거냐고."

"어, 그게……"

루돌프가 우물쭈물했다.

존대를?

자존심상 그럴 수는 없었다.
“저기, 그러지 말고 대화를 좀…….”
“잘 안 들리는데.”
“대화를 나누면 좋을 것 같은데……”
무혁은 기다렸고 승복한 루돌프가 한 글자를 더 붙였다.
“요.”
그제야 이야기할 자세가 되었다고 여겼는지 무혁이 고개를 끄덕였다.
“좋아, 말해봐.”
“화살, 돌려주면 안 될까…… 요?”
“싫은데?”
“네……?”
“이걸 어떻게 그냥 돌려줘? 네가 먼저 시비 걸어서 떨어뜨린 거잖아.”
“그, 그건 그렇지만.”
“뭐, 좋아. 이렇게 하자고.”
“어떻게……?”
루돌프의 표정이 수시로 변했다.
간절함, 애원, 절망과 분노.
그 모든 감정이 뒤엉킨 채였다.
“내일 위브라 제국, 용병 길드 앞으로 와.”
“내, 내일요?”
“그래, 길드원을 전부 다 데리고.”

"도대체 왜……?"

"그건 알 필요 없고. 그럼 간다."

"자, 잠깐……."

무혁은 무시한 채 그를 지나갔다. 성민우가 뒤를 따랐고 순식간에 둘의 모습이 시야에서 사라졌다.

홀로 남은 루돌프는 주먹을 강하게 쥐며 중얼거렸다.

"내일, 위브라 제국 용병 길드 앞."

길드원을 전부 데리고서.

제2장

루돌프와의 계약

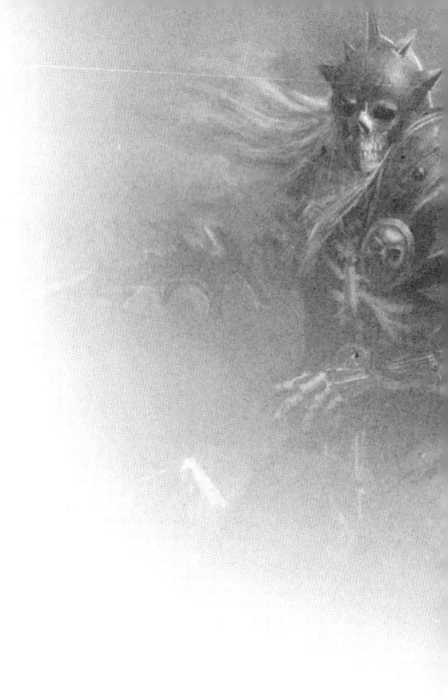

위브라 제국까지 이동한 성민우가 뒤늦게 물어왔다.

"근데 그 녀석은 왜 보려고?"

"화살은 줘야지."

"뭐? 그냥?"

"그냥은 아니고."

"그럼?"

"일단 한 번 밟아주고. 이후에 거래를 좀 할까 싶어서."

"거래라……."

성민우가 어깨를 으쓱거렸다.

"뭐, 알아서 잘하겠지."

여관에서 방 하나를 잡고 인벤토리에서 꺼낸 아이템을 바닥에 늘어놓았다. PK범들을 죽이고 얻은 것과 던전에서 획득한 보물들이었다. 얼추 파악을 끝내긴 했지만 시간을 두고 사용할 것과 판매할 것을 확실하게 나눌 필요가 있었다.

"크으, 엄청나게 많네."

"다시 살펴보자고."

"오케이."

"이건 팔고. 이것도, 이것도."

하나씩 아이템을 확인했다. 대부분이 판매할 물건이었다.

그때 반지 하나가 보였다.

[회복의 반지]

지식 +4

지혜 +4

MP(100)

MP 회복률(41) 상승

내구도 300/300

사용 제한 : 지식50, 지혜50.

사용 제한이 낮은 것에 비해서 지식, 지혜와 회복률의 상승이 높았다. 무혁은 현재 착용하고 있는 다수의 반지 중에서 가장 성능이 낮은 것을 빼고 회복의 반지를 착용했다.

다시 아이템을 정리하다가 괜찮은 반지를 발견했다. 덕분에 MP 회복률과 지식, 지혜를 꽤 높일 수 있었다.

"난 대충 끝난 거 같은데?"

"어, 나도."

"쓸 건 골랐고?"

"당연하지."

"그럼 이건 다 경매장에 올리자."

"전부 다 팔리면 엄청나겠는데?"

"이건 네가 넣어둬."

판매할 아이템을 성민우의 인벤토리에 넣은 후 남은 아이템을 확인했다. 보물 던전에서 얻은 것들로 하나같이 진귀한 것이었다. 물론 무혁이 사용할 수 없는 재료도 상당했다.

"이건 팔지 말자."

"왜?"

"그냥, 나중에 필요할 수도 있으니까."

"뭐, 마음대로."

보물 던전에서 얻은 것들은 무혁의 인벤토리에 넣고, PK범들을 죽이고 얻은 아이템 전부를 48시간 경매에 올렸다.

"더 할 거 있냐?"

"아니, 왜?"

"어, 나 퀘스트가 있어서."

"무슨 퀘스트?"

"요번 던전에서 레벨 올렸더니 스승을 찾아가 보라고 메시지가 뜨더라고."

"아아."

무혁이 고개를 끄덕였다.

"갔다 와."

"오케이. 가 보고 얼마나 걸릴지 문자로 보내놓을게."

"그러든가."

홀로 남은 무혁은 잠시 고민하다가 등을 돌렸다.

나도 오랜만에……. 스승인 발시언을 찾아가 보기로 했다.

"어서 오십시오. 가실 곳을 말씀해 주세요."

"헤밀 제국."

차례가 금방 왔고.

"그럼 출발하겠습니다."

다시 나타난 곳은 헤밀 제국의 워프 게이트였다.

"헤밀 제국에 오신 것을 환영합니다."

NPC의 인사를 받으며 걸음을 옮겼다. 북쪽, 허름한 건물 사이로. 그런데.

"여기가 확실한 거지?"

"그렇다니까. 야, 봐라. 벌써 사람이 많잖아."

유저가 상당히 많았다.

"이 정도는 어디에나 있는 거 아냐?"

"어허, 모르는 소리. 아무리 유저가 많다지만 이렇게 낡아빠진 곳까지 올 이유가 없잖아? 이유가 있다면 딱 하나, 바로 조폭 네크로맨서때문이라는 거지."

안 그래도 좁은 길목이 조폭 네크로맨서로 전직하기 위한 유저로 꽉 차버린 것이다.

이걸 어쩌지?

약간 꼼수를 쓰기로 했다. 은신으로 모습을 감춘 후 윈드 스텝을 사용하여 건물 위로 이동했다. 발시언 영감의 집 지붕의 구석진 곳, 비어 있는 자리에 내려섰다.

그 순간 문이 벌컥 하고 열렸다.

"어떤 놈의 자식이 지붕을 밟고 그래!"

"저예요."

무혁이 은신을 풀며 손을 들었다.

"너 이놈의 자…… 크흠, 너였구나."

평소의 말투를 내뱉던 발시언이 돌연 근엄한 척했다. 아무래도 지켜보는 유저가 많은 탓이리라.

"네."

"일단 들어오도록 해라."

무혁이 어깨를 으쓱거렸다. 그러자 멀뚱하게 바라보던 발시언이 상황을 파악하고는 거칠게 고함을 내질렀다.

"이 녀석들이! 어서 길을 터라!"

그제야 유저들이 인상을 쓰며 좌우로 갈라졌다.

"그럼, 실례 좀."

방에는 이미 자리를 잡고 있던 유저가 있었기에 그와 발시언의 대화가 끝날 때까지 기다렸다.

"감사합니다!"

"그래, 항상 명심하도록 해라. 우리 조폭 네크로맨서의 명예를 드높여야 할 것임을."

"예!"

유저가 나가자 발시언의 자세가 삐딱하게 변했다.

그 모습에 절로 미소가 지어졌다.

여전하시네.

감상에 빠질 겨를 따위는 없었다. 발시언의 거친 말투가 어느새 튀어나와 귓가에 꽂힌 까닭이었다.

“그래, 바빠 죽겠는데 뭔 일로 온 거냐?”

“그냥요.”

“그냥? 이놈이!”

그러면서 손을 가볍게 휘둘렀는데 거기서 뿜어진 강력한 기운이 무혁의 머리로 날아왔다. 이미 몇 번의 경험으로 직감한 바, 무혁은 고개를 틀어 가볍게 피해냈다.

그 모습에 발시언의 눈동자가 가늘어졌다.

“호오, 요것 봐라.”

분위기가 예사롭지 않았다. 왠지 강력한 한 방이 다가올 것 같았다. 통증은 없지만 그래도 누군가에게 맞는 게 기분이 좋을 리는 없었다. 분위기를 전환할 필요성을 느꼈다.

“스승님.”

“으, 으응?”

무혁에게서 스승이란 말을 처음 듣는 까닭일까. 발시언의 눈이 커졌다.

“할 말이 있습니다.”

“크흠, 그래. 무엇이더냐?”

발시언 역시 자세를 고쳤다.

“왜 이렇게 사람이 많아진 겁니까?”

"……."

잠깐 침묵이 흐르고.

"고작 그거더냐?"

"예."

"진정 그걸 묻기 위해 나를 스승이라 부른 것이더냐?"

"그냥 부르고 싶었습니다."

"날 속였구나."

"아닙니다."

"허허, 스승이라 불러 나의 이목을 흩뜨려 놓았구나."

"결코 아닙니다."

"허허허."

발시언 영감의 손이 다시 휘둘러졌다.

타악.

생각보다 약한 힘이 무혁의 이마를 강타했다.

"크흠, 이번에는 봐주마."

"감사합니다."

무혁이 웃었고 발시언 역시 따라서 미소를 그렸다.

"아무튼 잘 왔다. 나도 묻고 싶은 게 있었으니까."

"묻고 싶은 거요?"

"그래, 혹시 조폭 네크로맨서에 대해서 홍보를 하고 다니는 것이냐?"

"홍보라면……?"

"전에 어떤 녀석이 찾아왔는데 놈이 조폭 네크로맨서에 대해서 알고 있더구나. 그래서 일단 쫓아내기는 했는데 다시 와서는 어찌나 사정을 하는지."

그때가 떠올랐는지 발시언 영감이 미간을 찌푸렸다.

"홍보를 듣고 왔다기에 스킬을 가르쳐 주기는 했다. 그래서 확인을 하려는 게야."

"아뇨, 전 홍보한 적 없습니다."

"그래?"

"네."

"흐음, 알겠다. 그동안 제법 성장했구나."

"꽤 성장했지요."

"대단한 속도이긴 하지. 인정하마."

"감사합니다."

"그러나 다음 스킬을 배우기엔 부족하구나. 조금 더 성장할 필요가 있겠어."

"예, 열심히 하겠습니다."

이후로 일상적인 대화를 나눴다.

똑똑.

수시로 노크 소리가 들려와 둘의 대화를 방해했다.

"에잉, 그 조금을 못 기다려서 계속 문을 두드리다니."

"지루한가 보죠. 제가 너무 시간을 뺏기도 했고요."

"뺏기는 무슨."

"조금 더 성장한 다음에 또 찾아올게요."

"그러던가."

무혁이 자리에서 일어나 문을 열기 전, 한마디를 던졌다.

"좋아 보여요."

"크흠."

헛기침을 대답으로 여기며 발시언의 집에서 빠져나왔다. 그제야 기다리던 유저들이 한 명씩 안으로 들어갔다.

"저건 누구야?"

"그러게. 안에서 엄청나게 오래도 있네."

"민폐라니까."

무혁이 대화를 나누는 그들을 쳐다봤다.

흐음, 얼굴 기억했어.

조폭 네크로맨서의 숫자가 일정수준을 넘어서게 되면 단체 퀘스트를 얻게 된다. 그때 수제자에게 높은 위치가 주어지는 것은 당연지사. 그때가 되면 반드시 저들을 떠올리리라 다짐하며 골목길을 벗어나는 무혁이었다.

같은 시각 의뢰를 수행하던 조폭 네크로맨서 칼리온은 갑자기 떠오른 메시지에 고개를 갸웃거렸다.

[긴급 퀘스트 '발시언에게로'가 발동합니다.]

서둘러 확인해 봤다.

[발시언에게로]

[조폭 네크로맨서의 수장인 발시언이 당신을 기다리고 있다. 서둘러 그를 찾아갈 것.]

[제한 시한 : 24시간]

제한 시간까지 있는 퀘스트였다.

"뭐야, 이거?"

옆에 있던 친구들이 물어왔다.

"왜 그래?"

"아니, 갑자기 퀘스트가 떠서."

"퀘스트?"

"어, 긴급이라는데?"

"오, 진짜? 처음 듣는 종류인데?"

"나도."

"그거 대박 퀘스트 아냐?"

그들의 말에 귀가 솔깃해졌다.

"대박 퀘스트?"

"어, 뭔가 특별한 거 같은데?"

"의뢰 끝나고 가 봐."

확실히 일리가 있는 말이었다.

긴급 퀘스트.. 무언가 특별함이 느껴지지 않는가?

"보상도 장난 아니겠지?"

"당연하잖아! 대박 터지면 좀 나눠줘라!"

"콜!"

함박웃음을 짓는 칼리온이었다.

크, 좋구나!

조폭 네크로맨서가 되기 위해서 얼마나 처절했던가. 자존심까지 내려놓고 무릎까지 꿇었었다. 직업을 얻고 사냥을 통해 조폭 네크로맨서의 강함을 깨닫는 중이었다.

자존심을 버리길 잘했다는 생각이 매일 들었다.

그런 상황에서 특별한 퀘스트까지 주어졌다. 이것은 곧 랭커로 진입하라는 하늘의 뜻이 아니고 무엇이랴.

"자, 어서 의뢰 끝내자고!"

"그러자고."

"서둘러, 서두르라고!"

"이 새끼, 좋아서 미쳤구만."

"그래, 미쳤다. 어서!"

그렇게 친구들의 등을 떠밀어 빠르게 의뢰를 마친 칼리온은 인사도 없이 곧바로 헤밀 제국으로 향했다.

골목으로 진입하니 상당한 수의 유저들이 줄 서 있었다. 새치기를 할 수는 없었기에 별수 없이 가장 후미에 자리를 잡았다. 대략 2시간을 기다린 끝에야 겨우 발시언과 독대할 수 있었다.

"왔구나."

"네, 부르셨다고……."

"그래."

퀘스트가 그 순간 종료되었다.

[긴급 퀘스트를 완료합니다.]

['발시언을 설득하라'로 이어집니다.]

연계 퀘스트였다.

오오, 역시!

그런데 설득이라니.

"물어볼 것이 있어서 불렀다.

"어떤 것인지……."

대화를 나누며 서둘러 퀘스트의 내용을 확인했다.

[발시언을 설득하라]

발시언은 지금 당신을 의심하고 있다. 그의 의심이 화로 돌아오지 않도록 설득하라.

내용이 이해가 되지 않았다.

의심? 화?

그때 발시언이 무거운 어조로 물어왔다.

"전에 했던 이야기가 거짓말이더구나."

"예……?"

"직접 수제자를 불러 물어보니 그는 홍보를 전혀 하지 않았다고 하던데."

"저, 전혀요……?"

"그래."

발시언의 눈동자가 가늘어졌다.

"솔직히 말하도록."

"그, 그럴 리가 없어요."

잘못하면 직업을 박탈당할 수도 있다.

절대 그럴 순 없어. 어떻게 얻은 숨겨진 직업인데!

일반 네크로맨서라는 직업은 정말 힘겨움, 그 자체였다. 이제야 겨우 한 사람의 몫을 할 수 있게 되었다. 아니, 그걸 넘어 두 사람의 몫도 가능해졌다.

요즘 파티에서도 가장 기여도가 커서 얼마나 우쭐했던가. 그런 직업을 버리라니, 있을 수 없는 일이었다.

"전 분명 홍보를 듣고 왔습니다!"

"흐음, 계속 거짓말을 할 작정이라면……."

발시언의 손에 어둠의 기운이 맺혔다.

그 기운은 조금씩 강해졌는데 보는 것만으로도 압박감을 느낄 정도로 강력했다. 아무리 가상이라지만 기세로 인한 무게감은 선명하게 느껴지게 마련이었다.

두려움과 공포 역시도.

"죽일 수밖에 없다. 어서 솔직하게 말하지 못할까!"

차라리 죽는 게 낫지. 여기서 포기할 순 없었다.

어금니를 깨물며 대답했다.

"전 정말 홍보를 듣고 왔습니다!"

"……."

"차라리 절 죽이십시오!"

발시언의 손에 들린 기운이 사라졌다.

"좋다. 그렇게까지 말한다면 조금은 믿어주마. 대신 시험을 통과해야 할 것이야."

"시험이라면……?"

그나마 다행이었다.

되, 된 거야?

[퀘스트 '발시언을 설득하라'를 완료합니다.]

[퀘스트 '수제자를 찾아서'로 이어집니다.]

갈수록 태산이었다.

미친, 수제자?

발시언의 목소리가 뒤늦게 들려왔다.

"수제자를 찾아 그와 함께 나에게 오도록 해라."

"……."

"만약 데려온다면 너를 인정하는 것은 물론이고 나의 실수로 인한 너의 피해를 생각하여 남들은 받지 못한 선물 하나를 주도록 하겠다."

그나마 보상이 있다니 다행이었다.

"기한은 한 달이다."

"예?"

"할 말은 끝났으니 가 보아라."

"스, 스승님!"

"아직은 너의 스승이 아니니라."

단호한 모습에 칼리온은 별수 없이 몸을 일으켰다.

빌어먹을!

등을 돌린 후 방을 빠져나왔다.

[수제자를 찾아서]

[조폭 네크로맨서 수제자를 찾아 그와 함께 발시언을 만날 것. 그간의 일이 오해였음을 확실하게 밝힌다면 특별한 보상을 얻을 수 있다.]

[제한 시간 : 30일]

한참 동안 멍하니 퀘스트를 확인했다.

"하아……."

절로 한숨이 새어 나왔다.

"도대체 수제자가 누구인지 내가 어떻게 아냐고!"

물론 가능성 있는 유저는 알고 있다.

최상위 랭커, 무혁. 이야기는 얼추 들었지만 그가 사냥하는 영상을 본 적은 한 번도 없었기 때문에 조폭 네크로맨서인지 아닌지 알 수가 없었다. 게다가 만약 그가 조폭 네크로맨서라고 하더라도 수제자라고 확신할 수도 없는 일이었다.

이래저래 골치가 아팠다.

그래, 일단 정보가 필요해.

우선적으로 무혁에 대해 알아야만 하리라. 일루전에서 나와 서둘러 무혁과 관련된 게시물을 하나씩 꼼꼼하게 살펴보기 시작했다.

괜히 귀가 간지러워졌다.

누가 내 얘기를 하나?

귀를 긁으면서 위브라 제국의 잡화점으로 이동했다.

"어서 오십시오!"

"감각의 꽃 110송이, 마비의 숨결 80개, 검은 눈알 70개만 주세요."

"자, 잠시만 기다리십시오!"

주인이 서둘러 물건을 챙겼다.

"여기 있습니다. 가격은 70골드입니다."

생각보다 가격이 꽤 나갔다.

그래도, 뭐.

망설임 없이 구입한 후 경매장을 훑었다.

찾았다. 미스릴 실타래 10줄.

가격은 50골드였다.

[구매하시겠습니까?]

[Yes/No]

손이 떨리긴 했지만 예스를 누르는 무혁이었다.

투자는 성공의 비결! 그렇게 자신을 다독이며 다른 재료를 검색했다.

거대 트롤의 진액 30개의 가격은 20골드였다.

재료가 모두 준비되자 곧바로 연금술 길드로 향했다.

"어서 오십시오."

"마법의 솥이 있는 방 하나만 대여할게요."

"어떤 종류의 방을 원하시나요?"

"예?"

무혁은 안내원이 못 들었나 싶어서 다시 말해줬다.

"마법의 솥이 있는 방이요."

"아! 제가 제대로 설명을 하지 않았군요. 마법의 솥이 있는 방에도 종류가 있습니다. 최근 새롭게 신설된 대량 생산이 가능한 대용량 마법의 솥을 사용할 수 있는 방이 있고 일반적인 마법의 솥을 사용할 수 있는 방이 있습니다."

"아……."

설마 벌써 대용량 솥이 나왔을 줄은 몰랐다. 이쪽은 관심이 없었으니.

무혁은 냉큼 대용량에 관해서 질문했다.

"가격은 얼마죠?"

"대용량의 경우 12시간에 200골드입니다. 대량으로 만들 경우 제작 시간의 절반만 소요된다는 장점이 있습니다."

"호오."

가격은 확실히 셌다.

미쳤군.

그럼에도 사용하지 않을 도리가 없었다. 대량 생산이 가능했고 또 시간도 절반이나 줄어든다는 장점이 있었으니까.

"조금 있다 다시 오죠."

"알겠습니다."

그렇다면 뽕을 뽑아야 하지 않겠는가.

경매장에서 미스릴 실타래와 거대 트롤의 진액을 모두 구입했다. 그리 많지 않은 수량이었기에 문제는 없었다. 그리고 잡화점으로 이동해 감각의 꽃, 마비의 숨결, 검은 눈알을 대량으로 구매했다.

"감사합니다!"

곧바로 연금술 길드로 향해 대용량 방을 대여한 후 확인 절차를 거쳤다.

먼저 감각의 꽃 11송이, 마비의 숨결 8개, 미스릴 실타래 1개를 마법의 솥에 넣었다.

[재료가 섞입니다.]

[필요 시간…….]

생각보다 금방 재료가 합성되었다.

[합성이 완료됩니다.]

[‘혼란의 물약’이 생성됩니다.]

무혁은 만들어진 물약을 확인해 봤다.

[혼란의 물약]
3초간 신체 지배력을 잃게 한다.

흡족하게 웃으며 이번에는 검은 눈알 7개와 트롤의 진액 3개를 넣었다. 역시 빠르게 완성이 되어 만들어진 물품을 바로 확인할 수 있었다.

[합성이 완료됩니다.]
[‘장막의 물약’이 생성됩니다.]

[장막의 물약]
3초간 시야를 빼앗는다.

장막의 물약 역시 무혁의 기억 그대로였다.
좋아.
이젠 대량으로 만들 차례였다.
재료를 비율에 맞춰 왕창 쏟아 넣은 것이다.

[필요 시간 : 4시간 27분 30초]

남은 것은 기다림뿐이었다.

움직임을 느리게 만드는 둔화의 독. 환각을 보게 만드는 환각의 독. 신체 능력을 일부 감소시키는 약화의 마비. 지속적으로 출혈을 주는 출혈의 눈물.

적재적소에 사용한다면 이것만으로도 몬스터를 쉽게 무너뜨릴 수 있다. 꽤 값이 나가기에 무분별하게 사용할 순 없었다. 게다가 몬스터에게는 효력이 아주 좋지만 유저에게는 썩 좋지 않다는 단점도 있었다.

방패로 막아내기만 해도 무용지물이 되고 절묘하게 사용했다고 하더라도 100레벨이 넘는 사제가 있다면 큐어 스킬로 해독이 가능하다. 그래서 무혁은 새로운 것을 만들어냈다.

혼란의 물약과 장막의 물약. 이것은 독이 아니라 물약이었기에 사제의 큐어로 치료되지 않는다.

150레벨의 사제가 배우는 디버프 캔슬이 있다면 이야기가 달라지겠지만, 아직은 그 스킬을 배운 사제가 없기에 경우의 수를 배제할 수 있었다. 사제 1위가 아직 121레벨이니까.

무혁은 혼란의 물약과 장막의 물약에 관해선 정보를 풀지 않기로 했다. 자금은 충분하니까.

무엇보다도 요즘 들어 PK가 더 빈번해졌다. 그들로부터 확실한 승리를 얻기 위해서는 남들이 모르는 비장의 한 수가 필요했다. 조폭 네크로맨서에 대한 정보가 조금씩 퍼지기 시작한 지금, 그 비장의 한 수가 될 것이 바로 지금 제조하고 있는 두 가지 물약이었다.

['혼란의 물약(대량)'의 제조를 마쳤습니다.]

솥에서 꺼낸 것은 작은 주머니였다.

[혼란 주머니]
혼란의 물약(200개)이 들어 있습니다.

주머니를 인벤토리에 넣고 장막의 물약을 제조하기 위해 재료를 투입했다.
다시 긴 시간이 기다려야 했는데 무작정 기다릴 순 없었다. 지금까지처럼 1회용 제작 도구를 꺼내 무구를 만들면서 시간을 보냈다.

['수리 스킬'의 레벨이 증가합니다.]

카앙, 캉!
메시지가 떠올랐으니 확인하지 못했다. 망치를 휘두르며 결을 맞히는 것에 극도로 집중한 상태였으니까.
하나, 둘, 셋.
열 개가 넘어가는 무구가 만들어졌지만, 멈추지 않았다.
카앙!

망치를 휘두르고 또 휘둘렀다.

[결을 맞혔습니다.]

진행도가 빠르게 올라갔다.
그 순간.

[결을 정확하게 맞혔습니다.]

오랜만에 떠오른 글귀와 함께 무혁의 집중력이 깨어졌다.
"아……."
아쉬운 마음과 함께 만들어진 것을 내려다봤다.
갑옷이네.
성능을 확인했다.

[정열의 갑옷]
뛰어난 실력의 대장장이가 혼신의 힘을 다하여 열정을 불어넣은 갑옷이다.
방어력 20
마법 방어력 25
모든 스탯 +5
추가 방어력 +10
내구도 300/300

무혁의 눈동자가 흔들렸다.

"허어."

정말 오랜만에 나온 사용 제한이 없는 최고 등급의 갑옷이었던 탓이다. 하지만 흥분은 잠시였고 무혁은 서둘러 현재 착용하고 있는 갑옷과 비교했다.

[작렬하는 강철 갑옷]

방어력 25

체력 +8

추가 방어력 +15

이동 속도 +5%

내구도 320/320

사용 제한 : 힘45, 체력40

뭐가 더 좋다고 선뜻 고를 수 없을 정도였다. 정열의 갑옷은 마방이 붙어 있었고 모든 스탯이 +5라는 이점이 있는 반면에 작렬하는 강철 갑옷은 기본 방어력과 추가 방어력 수치가 더 높았으며 거기에 이동 속도가 5퍼센트나 달려 있었다.

하지만 무혁은 어렵지 않게 고를 수 있었다.

모든 스탯, 아무래도 소환수에겐 그게 더 이득일 테니까.

이건 팔고.

작렬하는 강철 갑옷은 판매하기로 결정을 내렸다. 72시간

입찰 방식으로 경매장에 올려놓은 후 방금 제작한 정열의 갑옷을 착용했다.

그제야 지금까지 쌓인 메시지를 확인하는 무혁이었다.

"어?"

수리 스킬의 레벨이 올라 있었다.

호오.

게다가 시간도 꽤 흐른 상태였다.

조금만 있으면 되네.

이젠 휴식을 취하며 기다리기로 했다. 얼마 지나지 않아서 기다리던 메시지가 떠올랐다.

['장막의 물약(대량)'의 제조를 마쳤습니다.]

솥에 손을 넣어 손에 잡히는 것을 꺼냈다.

작은 주머니였다. 그것을 인벤토리에 넣은 후 연금술 길드를 빠져나갔다.

이제 좀 쉴까.

급한 일은 모두 끝냈다. 일루전에서 나온 무혁은 오랜만에 가족을 만나러 갔다.

다음 날. 아침부터 일루전에 접속한 루돌프는 시간이 되는 길드원 150명과 중무장을 한 채 위브라 제국의 용병 길드 앞에서 무혁을 기다렸다.

"길드장님."

"왜?"

"이렇게까지 해야 하는 건가요?"

"어쩔 수 없잖아."

"쩝, 도대체 어떤 아이템이기에……."

"몰라도 돼."

루돌프는 저기압 상태로 대충대충 대답했다.

이들이 배신을 한다?

그런 생각은 애초에 하지도 않았다.

신뢰가 있어서?

아니, 이들은 유저를 죽이는 행위에 미쳐 있기 때문이다. PK 길드 중에서 단연 압도적인 규모였고, 그렇기에 무수한 PK를 저질렀음에도 지금까지도 큰 문제가 없었다.

거대한 울타리인 이곳 길드에서 벗어나는 순간 이를 갈고 있는 무수한 유저의 표적이 되리라. 그 사실을 알기에 이들은 절대로 길드에서 벗어날 수 없다.

"잠시면 돼."

잠시가 아니었다.

한참을 기다려도 무혁은 나타나지 않았다.

"시바……."

절로 욕이 튀어나왔다.

"길드장님……."

"도대체 언제쯤……."

"아, 나도 몰라!"

벌써 현실 시간으로 12시가 넘었다.

"젠장, 밥이나 먹고 와!"

"……."

다들 말없이 로그아웃을 했다.

"빌어먹을 놈."

루돌프는 끝까지 기다리기로 했다.

누가 이기나 해보자고.

길드원들이 하나둘씩 접속했지만, 여전히 무혁은 나타나지 않았고 그들은 끝내 몰려오는 어둠을 바라보게 되었다.

"벌써 저녁이네."

"하아."

인내심이 바닥까지 내려앉았을 즈음.

저벅.

드디어 그가 나타났다. 앉아 있던 루돌프가 벌떡 몸을 일으키며 무혁에게 다가갔다.

무시무시한 기세를 피우며 표정을 일그러뜨린 상태였다.

"지금 장난해?"

"음?"

"아침부터 기다렸는데 이제야 와?"

무혁이 고개를 갸웃거렸다.

"난 아침에 온다고 한 적 없는데?"

"뭐, 뭐라고……?"

"내가 시간을 정했던가?"

"……."

물론 시간은 정하지 않았다.

"그래서 잘못한 게 없다?"

"바보냐?"

"뭐?"

"내가 먼저 기다리라고 했던가? 시간을 모르면 한 명씩 번갈아 가면서 30분씩만 기다리면 되는데 그게 어려운가?"

무혁의 말이 옳았기에 더 짜증이 났다.

그래도 꾸욱 눌러 참았다. 목적은 단 하나였으니까.

"됐고. 왔으니까 화살이나 내놔."

"시험을 통과하면."

그 말에 루돌프의 눈이 돌아가 버렸다.

"진짜…… 장난하냐?"

"어."

"이 새끼, 죽여!"

루돌프의 명령이 떨어지기도 전에 길드원들이 움직였다. 어느새 무혁을 포위하고 무기를 꺼내 든 것이다.

지금까지 기다리면서 치솟은 짜증을 단번에 분출하려는 순간 무혁이 웃으며 입을 열었다.

"여기 제국이야."

제국에서 PK를 걸면 경비원이 온다.

그것도 매우 빠르게. 그리고 감옥으로 연행된다.

절대 도망칠 수 없다. 그렇기에 무혁을 포위했음에도 선불리 공격하지 못하는 그들이었다.

"따라와."

그에 무혁이 앞장을 섰다. 위브라 제국을 벗어나 사냥터로 나선 것이다. 여기라면 유저끼리 싸우더라도 경비원이 오지 않는다.

도대체 무슨 배짱일까. 현재 루돌프가 끌고 온 길드원만 해도 150명이 넘었는데 말이다.

"덤벼."

거기서 그친 것이 아니라 무혁은 오히려 그들을 도발하기까지 했다. 어이가 없어서 허탈하게 웃는 그들이었지만 뒤이어 나타난 스켈레톤의 등장에 미소를 지워 버렸다.

80마리가 넘는 스켈레톤의 압박감은 쉽게 무시할 것이 아니었기 때문이다.

"이게 시험이야. 이기면 아이템 돌려줄 테니까 덤비라고."

그제야 루돌프가 활을 들어 올렸다.

"이기면 돌려준다고?"

"그래."

"그 말, 물리지 마라."

그러면서 시위에 투명 화살을 걸었다. 물론 복제품이었지만 그래도 여전히 보이지 않아 위협적이리라.

파앙!

피할 생각은 없었다.

아머나이트1, 방패.

막아내면 그만인 것이다.

어차피 복제품. 투명 화살의 수량은 제한되어 있으리라.

느긋하게 방어하며 기다리기만 해도 수량이 모두 떨어질 것이었지만 루돌프 역시 멍청이는 아니었는지 투명 화살을 함부로 사용하지 않았다.

그렇다면야.

먼저 저들을 흔들기로 했다.

부르탄, 기파.

기파를 사용해 일부 유저를 움직이지 못하게 만들었다.

아머아처, 파워샷. 아처와 메이지에게 공격을 명령했다.

그리고 하늘을 수놓는 각종 마법과 화살이 균형을 잃은 유저에게로 떨어졌다.

강력한 폭음과 함께 먼지가 치솟았다. 연합이 좋은 길드였다면 다른 유저들이 동료를 보호하기 위해 앞으로 나오며 방패로 막아줬으리라. 하지만 지금 상대하는 이들은 PK 유저들이 모인 길드였기에 그런 연계는 없었다.

"뭣들 하는 거야, 저 새끼만 노리라고!"

하지만 저들은 잊고 있었다.

윈드 스텝.

무혁 그 자체만으로도 충분히 강하다는 사실을.

또한 저들은 알지 못했다.

스윽.

그가 인벤토리에서 꺼낸 물건들이 이번 전투의 히든카드임을 말이다.

전방에 있던 50명은 아머나이트를 상대하며 최대한 틈을 노리고 있었다. 작은 틈이 하나라도 보이는 순간, 그곳으로 몸을 틀어넣어 소환사인 무혁을 공격할 계획이었다.

좀처럼 보이지 않던 틈이 찰나지간 드러났고 전방에 있던 유저들은 거의 동시에 그곳으로 몸을 집어넣었다.

마치 그 순간을 기다렸다는 것처럼 스컬 스네이크가 기어왔다. 엄청난 수의 스컬 스네이크는 피할 수도 막을 수도 없었다.

겨우 스컬 스네이크 정도야.

그냥 무시한 채 이동하려는 순간.

"어, 어어……?"

갑자기 몸이 뻣뻣해졌다.

[3초간 '신체 지배력'을 잃습니다.]

갑작스러운 문구와 함께 몸이 멋대로 움직이기 시작했다.

뒤로 걷는 유저가 있는가 하면 자리에서 회전하는 유저도 있었고 일부는 손에 들린 검을 마구잡이로 휘두르기도 했다. 또 토끼뜀을 하거나 옆에 있는 유저를 끌어안았다.

신체 지배력을 앗아가는 혼란의 물약이 발동된 것이다.

"뭐 하는 짓거리야!"

뒤쪽에 있던 루돌프가 고함을 질렀으나 소용없었다.

혼란의 물약은 3초간 지속되며 그동안에는 어떤 말도 할 수 없었으니까.

랜덤으로 발동되는 특유의 행동만 할 수 있었다.

무혁은 혼란의 물약이 적용된 그들을 바라보며 공격을 명령했다.

3초라는 시간은 생각보다 길었다.

쾅, 콰과과광!

찰나의 실수로 목숨이 오가는 전장에서라면 체감 시간은 더욱 길 것이다.

무혁 역시 3초라는 시간 동안 참으로 많은 걸 새삼 깨닫고 있었다. 정말 할 수 있는 게 많았다. 혼란의 물약에 중독되지 않은 적을 견제하기 위해 멀티샷을 사용했으며 메이지와 아처에게 공격을 명령했다.

화살과 마법이 그들을 휩쓸었다.

일부 죽지 않은 유저들을 처리하기 위해 아처에게 연사를 명령한 후 윈드스텝을 사용하여 스컬 스네이크 수십 마리에게 장막의 물약까지 묻혔다.

물약이 묻은 스컬 스네이크를 앞으로 보내 대기시켰다. 그제야 3초란 시간이 모두 소요되었고 무혁은 자리로 돌아와 전방을 주시했다.

좀 당황했을 텐데.

그의 예상대로였다. 적대 유저의 분위기가 상당히 침체되었다. 갑자기 동료가 기이한 자세를 취하다가 허무하게 죽어버렸다. 누가 봐도 무혁이 손을 썼으리란 걸 알 수 있었는데, 문제는 어떤 짓을 한 건지 파악할 수 없다는 사실이었다.

"쫄지 마!"

루돌프가 뒤늦게 외쳤다.

"무슨 이상한 걸 사용했는지는 모르겠지만, 기껏해야 한 번이야! 다들 밀어붙여!"

그의 말은 일리가 있었다. 당황하던 길드원 모두 고개를 끄덕이며 다시금 기세를 올렸다.

"그래, 이제 없을 거야."

"끝내자고!"

무혁은 피식 하고 웃으며 스컬 스네이크를 지휘했다.

다가오는 적대 유저의 바닥에서 숨죽인 듯 대기하던 스컬 스네이크가 뛰어오르며 그들의 발목을 타고 올라갔다.

"아, 뭐. 이거 뭐야!"

"무시해!"

스컬 스네이크가 살점을 파고든다.

"어……!"

그 순간 장막의 물약이 적용되었다.

[3초간 아무것도 볼 수 없습니다.]

시야가 어두워졌다.

“아, 안 보여!”

“시발, 뭐냐고!”

암흑이 눈앞을 가리면서 본능적으로 두려워졌다.

죽으면?

24시간 접속 불가 페널티. 생각만으로 짜증이 치솟았다.

“젠장!”

지금 옆에 누가 있을까?

시야가 사라지기 전에는 동료가 있었다.

하지만 지금은?

과연 동료라고 확신할 수 있는가.

의문은 길지 않았다. 확신할 수 없다는 대답이 곧바로 튀어나왔으니까.

움직이지 않으면 죽을지도 모른다는 생각에 마구잡이로 검을 휘두르기 시작했다. 설령 이 휘두름으로 인해 같은 길드원이 죽게 된다고 하더라도 상관은 없었다.

어차피 PK를 위해서 모인 이들이 아니던가. 중요한 것은 상대를 죽이고 스스로는 살아남는 것. 그게 전부였다.

캉, 카강!

악착같은 쇳소리가 번졌다.

“흡!”

시야가 사라졌다고 하더라도 공격당하면 알 수 있다. 주변에서 공격이 들어오니 당연히 반응하게 된다.

휙, 휘릭.

공격이 들어온 곳을 짐작하여 검을 휘두른 것이다.

동료이지만 보이지 않기에 서로를 적대하며 검을 휘두르는 그들이었다.

"내 근처로 오지 마! 죽고 싶지 않으면!"

무혁이 그 모습을 보고 웃으며 공격을 명령했다.

팡, 파앙!

화살비가 그들 위로 내렸다.

[유저 '에버'를 죽였습니다.]

[악명이 상승하지 않습니다.]

[유저 '칼리분'을 죽였습니다.]

[악명이 상승하지…….]

유저 80여 명의 목숨. 혼란의 물약과 장막의 물약을 한 번씩 사용하여 얻은 수확이었다.

하지만 그들도 바보는 아니었다. 그 이후부터는 스컬 스네이크를 최대한 조심하면서 움직였다. 무혁이 조금만 수상한 움직임을 보여도 뒤로 물러섰다.

귀찮아졌네.

그렇다고 그들이 유리해진 건 아니었다. 상황은 팽팽했다.

다만 적대 유저들이 물약을 너무 경계한 나머지 적극적이지 못한 자세를 보였다. 그 탓에 무혁은 자유롭게 그들을 공격할 수 있었다.

물론 스켈레톤 수십 마리를 희생양으로 주기는 했지만 그런 부분은 개의치 않았다. 중요한 것은 이기는 것이었으니 말이다. 하지만 너무 흥에 겨웠는지 오버를 하고 말았다.

이런, MP가…….

바닥까지 떨어지고 만 것이다. 그나마 다행이라면 스켈레톤이 많이 죽어서 기다리기만 하면 MP가 차오른다는 사실이었다. 그래서 현재까지 역소환되지 않은 스켈레톤을 희생시키면서 최대한 시간을 끌었다.

덕분에 대부분의 MP를 회복할 수 있었고 그 이후, 압도적인 신위를 선보이며 남은 적대 유저들을 처리했다. 그들은 끝까지 발악했으나 결국 무혁의 공세를 버티지 못했다.

홀로 남게 된 루돌프가 고개를 숙였다. 대결에서 졌다는 것은 즉, 투명 화살을 받을 수 없다는 소리였으니까.

"뭐, 꽤 힘들긴 했지만……."

"……."

"내가 이겼네. 그치?"

루돌프는 그저 입술만 깨물었다.

말도 안 돼.

100레벨이 넘는 길드원들이었다. 열 명도 아니었고 무려 150명이 한 명을 상대했는데 져버리고 말았다.

있을 수 있는 일인가?

이야기는 들었다, 길드 하나를 없애버렸다는 소문을.

하지만 과장이라고 여겼다. 분명 숨겨진 조력자가 있으리라고 생각했다.

그런데 아니었다. 무혁이 소환하는 스켈레톤은 특별했으며 소환사인 본인 역시 특출하게 강했다.

"썩 마음에 들진 않지만, 불쌍하니까 기회를 주지."

"기회……?"

"그래, 부탁을 세 번 들어주면 화살을 돌려주겠어."

"부탁이라고?"

"그래, 부탁."

루돌프는 쉽게 대답할 수 없었다. 부탁 세 가지. 과연 얼마나 오랜 시간이 걸릴지 알 수 없었기 때문이다.

"틈틈이 투명 화살도 복사해서 주고."

그 말에 눈을 빛냈다.

"복사해 준다고?"

"그래."

"방법은?"

"신전에서 계약을 맺으면 돼."

신관이 참가한 가운데 계약을 맺으면 그 계약을 어길 경우 미리 정한 페널티를 받게 된다. 그래서 그 페널티가 강하면 강할수록 계약을 어기기 힘들다.

"페널티는?"

"모든 스탯 초기화."

"……."

캐릭터 삭제는 불가했다. 이 정도가 최대치랄까.

"스탯…… 초기화?"

"그래."

"절대로 못 어기겠군."

"할 거야, 말 거야?"

루돌프에게 방법은 없었다.

무력으로도 안 되니. 기가 꺾였다고 해야 할까.

그는 결국 고개를 끄덕이고 말았다.

좋았어.

무혁은 속으로 웃으며 그를 끌고 곧바로 신전으로 향했다. 신관이 참여하는 가운데 계약서를 작성했고 신의 이름을 읊으며 맹세했다.

"이것으로 계약의 효력이 실행되었습니다."

"감사합니다."

신관에서 나온 무혁이 루돌프에게 말했다.

"이제 가 봐."

"복사부터 좀 하자고."

"아아."

무혁이 투명 화살을 건넸다.

그는 그 자리에서 서둘러 화살을 복사했다.

"빠른 시일 내로 불러주면 좋겠어."

투명 화살을 받은 무혁이 어깨를 으쓱거렸다. 어차피 계약을 맺어서 서로의 위치를 알 수 있기에 필요할 때 부르면 그만이다.

필요한 일이 없으면?

생각보다 긴 시간 동안 계약이 이어지리라.

"하아."

그 사실을 짐작한 것일까.

루돌프는 깊은 한숨을 쉬며 돌아갔다.

소주가 든 잔을 들어 올려 앞으로 내뻗었다.

짜앙.

성민우가 쥐고 있는 잔과 건배를 한 후 한 번에 들이켰다.

"크으."

안주는 삼겹살이었다.

"아, 좋다, 좋아."

"퀘스트는?"

"어, 금방 끝날 거 같은데?"

"다행이네."

"참, 오늘 방송하는 날이잖아?"

"어, 그래서 같이 볼 겸 부른 거야."

"아하."

자리도 딱 TV가 잘 보이는 위치였다.

“벌써 시작했네.”

“그래?”

TV에는 무혁이 자꾸만 뒤를 돌아보는 장면이 나오고 있었다. 음산한 던전의 분위기와 어우러져 긴장감을 안겼다.

지켜보는 이들이 절로 집중하게 만드는 긴장감이랄까.

확실히 편집의 힘은 대단했다.

-무혁 씨?

-네?

-어디 불편하세요? 계속 뒤를 보시네요.

-그냥 기분이 영 꺼림칙해서요.

이내 고개를 저으며 괜찮은 표정을 짓는 무혁이었다. 그런 모습을 보던 무혁은 때때로 미간을 찌푸리곤 했다.

“볼 때마다 좀 그렇다.”

“뭐가?”

“내가 TV에 나오는 걸 본다는 게 좀…….”

“야, 나는 오죽하겠냐? 투구라도 쓰고 있어서 다행이지.”

“그건 진짜 다행이지.”

무혁의 말에 성민우가 고개를 갸웃거렸다.

“무슨 의미냐?”

“모르면 됐고.”

“이 자식, 내가 못생겼다는 소리지!”

"잘 아네."
당연히 장난이었다.
성민우도 그 사실을 알기에 웃는 것일 테고.
"야, 야. 집중해서 좀 보자."
다시 화면을 바라봤다.
무혁이 갑자기 멈추더니 입을 열었다.

-다들 전투 준비하세요.

당황하는 관계자들. 그리고 나타난 어둠 속 그림자.
로브를 착용한 유저들이었다.
파밧.
무혁은 망설임 없이 화살을 쏘아 보냈다. 뒤이어 스켈레톤을 소환하여 지휘를 시작했다.
그 모습이 여과 없이 방영되었고 동시에 일루전 홈페이지에 게시물이 빠르게 올라오기 시작했다.

[제목 : 최상위 랭커, 무혁. 조폭 네크로맨서!]

[내용 : 제가 조폭 네크로맨서로 전직을 해서 아는데, 지난 영상들과 지금 방영하고 있는 일루전의 세계를 보니까 확신하게 되네요. 그 유저 조폭 네크로맨서입니다. 아마도 최초의 조폭 네크로맨서가 아니었을까 싶네요. 물론 제가 소환하는 스켈레톤과 외형이 다른 것이 많기는 한데, 최초로 전직한 만큼 많은 경험을 하면서 저와는 다른 변화를 거쳤

으리라 생각합니다.]

댓글도 무수하게 달렸다.

└갓흥겜 : 그런 것 같네요. 근데 스켈레톤이 엄청 멋있던데…….
└레이더스 : 완전 고대 기사를 보는 기분!

그러는 사이에도 방송은 이어졌다.

아스라한을 없애고, 그가 끌고 온 동료와의 격전을 또 한 번 이겨낸 무혁.

[제목 : 조폭 네크로맨서 완전 사기잖아?]

[내용 : 이거 하향 좀 시켜야 하는 거 아닌가요? 보니까 혼자서 무슨 수십을 다 쓸어버리네. 맞다, 전에도 뭐 둘이서 길드 하나 없앴다던데. 그 땐 그냥 그러려니 하고 넘어갔는데 영상으로 보니까 이건 좀 심하잖아.]

└농부 : 그럼 님도 조폭 네크로맨서 하세요.
└사냥꾼 : 조폭 네크로맨서 그냥 1인분 정도 합니다. 태클 걸지 마요.
└리더 : 1인분은 무슨. 일루전의 세계 안 보냐? 그게 1인분이냐?
└사냥꾼 : 그건 그 놈이 특별한 거고.

칼리온 역시 일루전의 세계와 홈페이지에서 해당 게시물을 보고 있었다.

"역시……."

무혁이 조폭 네크로맨서라는 건 확실했다.

문제는 과연 수제자인가. 그것이었는데 대부분의 게시물과 댓글이 무혁을 최초의 조폭 네크로맨서로 추측하고 있었다.

최초인 만큼 수제자일 가능성이 다분했기에 이젠 그의 위치만 파악하면 되었다.

아니, 파악할 필요도 없나.

칼리온은 한 가지 또 다른 정보를 알고 있었기 때문이다. 유저라면 누구나 관심을 가질 수밖에 없는 정보를 말이다.

비르 왕국. 그곳에서 기다리면 그가 오리라. 분명히.

언제 올지 알 수 없기에 서둘러 일루전에 접속했다.

"어디로 모실까요?"

"비르 왕국이요."

"1골드입니다."

워프 게이트를 이용해 비르 왕국으로 향한 그는 중앙 호수로 향했다. 호수 근처 벤치에 자리를 잡고 앉아 정면에 세워진 가건물을 바라봤다. 칼리온은 얼마 지나지 않아 포르마 대륙 곳곳의 유저들이 이곳으로 모여들 것이라 확신했다.

무혁을 상대하기 위해서 숨겨진 직업을 얻기로 결정한 아스라한은 서둘러 해당 NPC를 찾아가 퀘스트를 받았다. 상당한 시간을 투자하여 연계되는 몇 개의 퀘스트를 겨우 클리어할 수 있었다.

"호오, 끝난 거야?"

"그렇소."
"말투가 정말 맘에 안 드는구만."
"어쩔 수 없소."
"그래, 얼른 배우고 가라. 내가 말한 건 반드시 지키고."
"알겠소. 복수는 꼭 해주지."
양쪽 팔이 없는 중년의 사내가 턱짓했다.
"이리 와."
가까이 다가가자 그의 몸에서 뿜어진 붉은빛이 아스라한을 휘감았다.
그 빛이 완벽하게 흡수되었을 즈음, 메시지가 떠올랐다.

['쉐도우 댄서'로 전직합니다.]
[기존 스킬이 사라집니다.]
[새로운 스킬이 생성됩니다.]
[새로운 스킬의 레벨이 기존에 있던 스킬의 레벨에 영향을 받아 조정됩니다.]

결국 평범한 암살자에서 쉐도우 댄서로 직업을 전향했다.
과연 득일지, 손해일지.
아스라한은 특유의 표정을 유지한 채 스킬창을 열어 바뀌어버린 글귀를 하나씩 확인했다.

[분신술 8Lv(0%)]

78퍼센트에 해당하는 능력치를 지닌 분신 8마리를 소환한다.
-1초마다 소모되는 MP : 8
그림자에 숨을 경우 MP를 소모하지 않는다.

[그림자 숨기 9Lv(0%)]

그림자에 숨을 수 있다. 그림자 안에서 HP와 MP의 회복률이 3배로 상승하며 1분을 유지할 경우 다음 공격에 추가 대미지(45퍼센트)가 적용된다.

공격을 시도하거나 당할 경우 모습이 강제로 드러난다.

[그림자 암살 7Lv(0%)]

그림자에 숨어 사용할 경우 100퍼센트 크리티컬이 뜬다.

추가 대미지(75퍼센트)를 준다.

[그림자 힘 1Lv(0%)]

달이 떠오른 시각. 혹은 어둠이 지배하는 공간에서는 모든 능력치가 10퍼센트 상승한다.

[그림자…….]

아스라한의 미간이 꿈틀거렸다.

스킬은 총 9개. 하나같이 범상치 않은 것들이었다.

"놀랍군."

이 정도라면 무혁과 붙어도 상대할 수 있을 것 같았다.

일단은 적응부터.

본래는 혼자 잡기 어려웠던 몬스터를 찾아갔다.

분신술.

퍼엉!

주변으로 먼지가 치솟더니 아스라한과 동일하게 생긴 여덟의 분신이 생겨났다. 그들의 시야가 CCTV처럼 떠올랐고 아스라한은 분신과 함께 포효하는 몬스터에게 돌진했다.

양손에 들린 단검들이 번개처럼 빠르게 휘둘러지면서 몬스터를 유린했으나 HP가 상당해 쉽게 죽지는 않았다. 뒤이어 사용한 몬스터의 스킬이 사방을 덮쳤으나 이미 아스라한은 모습을 감춘 후였다.

다행히 분신도 스킬 한 방에 죽지는 않았기에 몬스터의 그림자에 숨어 여유롭게 지휘에 집중했다.

그리고 1분이 지났음을 깨달은 아스라한이 검을 휘둘렀다.

그림자 암살. 100퍼센트 크리티컬 확률. 추가 대미지 75퍼센트. 거기에 1분을 그림자에 숨으면서 붙은 추가 대미지 45퍼센트까지.

어마어마한 대미지가 한 방에 뜨면서 몬스터가 즉사했다.

"……."

아스라한의 입가가 비틀어졌다.

성민우가 감탄했다.

"크으, 저렇게 멋있었나?"

"그러게."

아스라한과 루돌프, 그리고 그들이 데리고 온 유저와 싸우는 장면이었는데 정말 멋들어지게 편집이 되었다. 무혁은 마치 전투의 달인처럼 나왔고 성민우의 화려한 연계 스킬도 화면에 잡혔다.

소수의 인원으로 다수의 인원을 압도하는 것만으로도 이미 임팩트가 충분하고도 넘쳤다. 압도적이었던 전투 이후 다시 던전에 진입하면서 보물을 찾는 장면이 나타났다.

그러다 로브를 뒤집어쓴 유저와 만났고 무혁의 단호한 응징이 이어졌다. 단조로웠던 장면들은 사라지고 임팩트가 있는 장면만 이어지면서 시간이 빠르게 흘러갔다. 그러다 보물 던전에서 튕겨지는 순간 화면이 MC에게로 넘어갔다.

-보물 던전 탐사, 재밌었나요?

-정말 장난이 아니네요.

-다음 주에는 오늘보다 더 흥미로울 거라고 장담해요.

-던전 외부에서 많은 일이 있었나 보군요?

두 명의 MC가 대화를 주고받았다.

-그것도 그렇지만. 아주 특별한 이벤트가 일루전에서 벌어진다는 정보를 얻었거든요.

-특별한 이벤트라면 어떤 거죠?

대답은 유라의 몫이었다.

-포르마 대륙 최강자전 토너먼트가 펼쳐진답니다!

-최강자전 토너먼트요?

-단지 무의미한 숫자로 정해진 랭킹이 아니라 진짜 실력으로 정해지는 순위를 전 세계에 내보낼 수 있는 절호의 기회가 될 거예요. 자신보다 레벨이 높은 유저를 제압하는 것, 이보다 더 즐거운 게 있을까요?

-확실히 어떤 게임에서도 PVP는 진리죠.

-맞아요. 전투 센스만으로 전 세계를 휘어잡을 수 있죠.

-이건 강함에 매료된 유저라면 결코 빠질 수 없겠는데요? 아니, 그게 아니더라도 스스로의 실력을 증명하고 싶은 유저라면 반드시 참가해야만 하겠군요.

-당연해요. 단지 토너먼트를 거치는 것만으로도 상당한 경험치를 얻는 것은 물론이고 순위권에 들 경우 얻을 수 있는 보상은 설명하기 어려울 정도로 어마어마하다구요!

꽤나 들뜬 분위기였다.

한참 동안 토너먼트에 대해서 이야기를 나누던 남자 MC가 유라를 보며 물었다.

-참, 그런데 의문이 있는데요.

-어떤 거죠?

-어째서 그런 대회를 여는 걸까요?

-글쎄요. 이유를 파악해 나가는 것도 일루전을 즐기는 하나의 요소가 되지 않을까요?

-정말 그렇겠네요.

어느새 일루전이 끝날 시간이 가까워졌다.

-다음 주에 보다 자세한 내용과 함께 찾아뵙겠습니다!

유라의 웃는 모습 뒤로 CF가 이어졌다. 그제야 화면에서 시선을 뗀 무혁과 성민우가 소주를 들이켰다.

"크으, 좋다. 근데 토너먼트라니. 꽤 재밌겠는데?"

"재미는 있겠지."

"참가할 거야?"

"글쎄."

딱히 나쁠 건 없다. 다만 효율이 떨어진단 말이지.

문제는 그거였다. 토너먼트에 참여해도 경험치는 받겠지만 대기하는 시간을 생각한다면 그리 대단한 경험치도 아니다.

차라리 그 시간에 사냥을 한다면 경험치는 압도적이리라.

보상도 별로였고.

1위를 할 경우 갑옷을 얻는 것으로 안다.

옵션은 꽤 좋았던가?

자세하게 기억나는 건 아니었지만 큰 흥미를 끌지 못하는 게 사실이다.

"일단 좀 더 지켜보고."

"난 참가하고 싶은데."

"참가해."

"넌?"

"참가할 수도 있고. 안 해도 틈틈이 구경하지, 뭐."

"그래? 그럼 난 참가!"

성민우가 흐흐거리며 웃었다.

"적어도 3위는 달성하고 만다, 내가."

나름 PVP에 자신이 있는 성민우였다.

그 모습에 피식 하고 웃었다.

사실 나가면 이길 자신은 있었다. 1위를 할 자신도.

그렇기에 더 흥미가 없기도 했다.

뭐, 진짜 실력자가 나오면 또 모르겠지만, 이번에 열리게 될 이벤트에 최상위 랭커는 거의 참여하지 않았다.

보상이 대단치 않아서 흥미가 없었던 까닭도 있으리라.

물론 진짜 이유는 다른 것이었다. 그들은 차라리 사냥을 통해 레벨 하나라도 더 올리는 것이 훗날을 위해서라도 이득이라는 것을 알고 있었던 것이다.

드넓은 일루전에서 토너먼트 대회? 그것은 아주 작은 이벤트에 불과할 뿐이었으니까.

그냥 구경이나 할까.

고민하면서 소주 한 잔을 들이켰다.

"크으."

"참, 그리고 이제 우리 집에서도 꽤 인정을……."

성민우의 수다를 안주로 삼으면서.

꽤 시일이 흘렀다.

비르 왕국에서 이벤트성 퀘스트가 발생했다. 최강자전 토너먼트를 위해 참가자를 모집한다는 내용이었다. 해당 퀘스트는 포르마 대륙 수많은 유저의 흥미를 끌었다.

대회에 참가하기 위해 유저들이 비르 왕국으로 모여들기 시작했다. 촬영을 위한 방송 관계자도 상당했고 구경을 위해 모인 이 역시 적지 않았다. 유저가 모이니 물건을 판매하기 위해 좌판을 여는 이들도 생겨났고 덕분에 시간이 지날수록 비르 왕국은 번잡해졌다.

마침 성민우와 무혁도 그 번잡한 곳에서 모습을 드러냈다.

"진짜 더럽게 많다."

"뭐만 하면 모이니까 별수 없지."

"왕국을 좀 더 넓게 하면 안 되나?"

"충분히 넓은데 유저가 너무 많은 거야."

"쩝. 아무튼 우리도 줄이나 서자."

"우리?"

"어, 아니, 나만. 아, 몰라. 심심하니까 같이 있어."

"밥 사라."

"알았다, 알았어."

둘은 광장의 앞으로 향했다. 그곳에 있는 가건물 몇 곳에서 최강자전 접수를 시행하고 있었기 때문이다. 긴 시간을 기다린 끝에야 성민우의 차례가 왔다. 무혁은 옆에서 접수하는 모습을 지켜봤다.

"손목 주세요."

"아, 네."

손목을 내밀자 NPC가 기계를 댔다.

삐빅.

종이에 이름과 레벨, 체력, 마나, 공격력과 방어력, 마지막으로 마법 방어력이 수치로 표현되었다.

"참가 접수 끝났습니다."

동시에 그의 손목에 알파벳과 번호가 새겨졌다.

F조 61번.

성민우가 속하게 된 조였다.

그의 닉네임 강철주먹이 광장 허공에 새겨졌다.

"끝났네, 가자."

"어, 근데 너 진짜 참가 안 하게?"

"아직은."

"쩝, 마음대로."

무혁과 성민우가 사라지고 얼마 지나지 않아 칼리온이 나타났다.

아몬, 코쿤, 부동산…….

그는 광장에서 유저들의 이름을 확인하기 시작했다.

상당한 시간이 흘렀을 즈음 하나의 이름이 눈에 들어왔다.

강철주먹.

무언가 가슴을 간질거리는 이름이었다.

왜지?

도저히 알 수 없었다.

잡념은 지우자.

고개를 저으며 다시 이름을 하나씩 확인했다.

무혁, 그 이름을 찾기 위해서.

스윽.

그런 칼리온의 옆으로 누군가가 다가왔다.

"많군."

아스라한이었다.

그 역시 허공에 있는 조별 편성표를 두 눈에 담았다.

제3장
대규모 이벤트, 최강자전

포르마 대륙 최강자전을 앞두고 제국과 왕국의 귀족들이 한자리에 모였다. 이미 대화는 막바지로 치달은 상태였다.

"그렇기에 꽤 괜찮은 무구를 보상으로 내놓기도 했지요. 이 정도면 대부분의 실력자가 참가하리란 의견에 여전히 변동이 없으십니까?"

헤밀 제국의 아뮤르 공작이 질문했으나 대답은 들려오지 않았다. 긴 침묵을 깨뜨린 것은 위브라 제국에서 온 카이론 백작이었다. 방금 전 보좌관으로부터 무슨 말을 듣고 나서 한참을 심각한 표정으로 있더니 드디어 입을 연 것이다.

"제가 한마디 하겠습니다."

"카이론 백작이군요."

"네, 저도 처음에는 그 의견에 동의했습니다만……."

"지금은 동의하지 않는다는 말로 들리는군요."

"맞습니다."

"이유를 들어보도록 할까요?"

카이론 백작의 입에서 무혁이란 이름이 언급되었다.

"제가 알고 있는 이방인이 한 명 있습니다. 무혁이라는 친구인데 확인을 해보니 이번 대회에 참가하지 않았더군요."

"그것이 이번 일과 상관이 있습니까?"

"물론입니다. 그 친구는 이방인들 중에서도 최상위에 해당하는 실력자입니다. 그의 이름이 없다는 것은 곧 다른 실력자들 역시 참여하지 않을 수도 있다는 소리가 아니겠습니까? 그들이 참여하지 않는다면 실력을 알아내려는 우리의 의도가 틀어질 수 있습니다. 다들 잘 알고 계시지 않습니까? 어둠이 곳곳에 자리 잡고 있다는 것을요. 우리들의 힘만으로는 견디기 어려울지도 모릅니다. 이번 대회로 이방인들의 실력을 파악하고 의뢰를 통해 빠르게 성장을 시켜야만……."

"알겠습니다. 거기까지만 하면 될 것 같군요."

"크흠, 그러죠."

아뮤르 공작이 주변을 훑었다.

"다들 카이론 백작의 의견을 어떻게 생각합니까?"

"알아볼 가치는 있는 것 같군요."

"겨우 한 사람입니다. 그 한 사람으로 인해서 결정을 번복하는 건 문제가 있다고 봅니다."

귀족들의 의견 대립에 아뮤라 공작이 탁자를 두드렸다.

"그렇다면 투표로 정하겠습니다. 제대로 알아봐야 한다고 생각하면 찬성. 아니라면 반대입니다."

투표가 이어졌고.

"찬성 23표. 반대 17표입니다."

결국 제대로 확인을 해보는 것으로 결론이 났다.

"이틀 후, 다시 모이도록 하죠."

그들은 상황을 정확하게 파악하기 위해 이틀이라는 시간을 소모해야 했다. 다시 모인 귀족들의 표정은 좋지 않았다.

"다행이군요."

그나마 아류르 공작의 한마디에 굳어 있던 분위기가 조금은 풀렸다. 각각 다른 제국에 속한 귀족들이라곤 하지만 공동의 적을 두고 있는 현재는 동맹 상태나 마찬가지였다.

게다가 아류르는 무려 공작이었기에 누구도 함부로 대할 수 없었다. 제국의 황제가 아닌 이상은 말이다.

"카이론 백작의 의견 덕분에 제대로 상황을 파악할 수 있었습니다. 문제점이 무엇인지는 다들 알고 계시리라 생각합니다. 알아보니 이방인들 중에서도 가장 성장이 빠른 이들은 대다수가 참가 신청을 하지 않았더군요."

"네, 저희도 확인했습니다."

"가장 중요한 이들의 실력을 확인할 수 없다는 것은 아주 큰 문제입니다."

"그들이 사냥하는 모습을 확인하는 것은 어떠신지……."

"몬스터는 너무 단순해서 진정한 전투 능력을 측정할 수 없지요."

카이론 백작이 나섰다.

"그럼 보상을 더 좋게 바꾸는 건 어떻겠습니까?"

"저도 그 생각을 했습니다. 기존에는 3위까지만 보상을 받을 수 있었다면 그 기준을 8명까지로 넓히고 새로운 보상 5개를 추가하는 게 어떻겠습니까?"

"확실히 확률이 올라가니 흥미가 생기겠군요."

"나머지 보상의 질을 더 높인다면……."

다들 고개를 끄덕였다.

그 모습에 아뮤라 공작이 말을 이어갔다.

"저는 1위의 보상은 생각해 뒀습니다."

"어떤 것인지요."

"유저가 원하는 것."

순간 이해하지 못한 귀족들이 되물었다.

"유저가 원하는 것이라면 어떤 것인지……."

"말 그대로입니다."

여전히 고개를 갸웃거린다. 그에 아뮤라가 웃으며 답을 내놓았다.

"1위 유저에게 그 스스로가 정확하게 알고 있는 물건 하나를 선택할 권리를 주고 우리는 숨겨놓은 창고를 개방해서라도 그 물건을 반드시 구해 줘야 한다는 것입니다."

충격적인 보상이, 아뮤르 공작의 입에서 언급되었다.

의뢰를 마치고 비르 왕국으로 향하던 중 성민우가 부탁을 해왔다.

"대련?"

"어. PVP인데 사실 PK범들이랑은 좀 싸워봤지만, 실력이 썩 좋지는 않았었잖아? 그래서 너하고 대련 좀 하면서 감각을 좀 키우려고."

"내가 돕는 거네?"

"아, 그래. 내가 소고기 쏜다!"

"콜."

무혁이 웃으며 검을 뽑았다.

"일단 나 혼자 시작해 볼까?"

"응? 스켈레톤은? 대충 10마리로 뽑아봐. 나 안 약해!"

"네가 약해서는 아니고."

"그럼?"

"어차피 대전 상대 대부분이 소환수가 아니잖아. 혼자인 만큼 몬스터랑은 느낌이 완전히 다르고, PK 유저들이 뭉친 거랑도 다를 테니까."

"아하?"

"덤벼봐."

"오케이, 일단 소환부터."

성민우는 12마리의 정령을 소환했다. 확실히 혼자서 상대하려니 조금 부담감이 느껴졌지만, 무혁 본인도 혼자 싸울 때의 느낌을 알아볼 기회였기에 전력을 다했다.

"파티 탈퇴한다."

"그래."

파티를 해제하는 순간 무혁은 뒤로 빠르게 물러섰다.

변형, 강력한 활쏘기.

검을 활로 바꾼 후 시위에 화살을 걸었다. 공기를 꿰뚫으며 무서운 기세로 쏘아졌으나 성민우는 정령을 지휘하여 그 공격을 가볍게 막아냈다. 동시에 나머지 11마리의 정령을 앞으로 전진시키며 무혁을 압박했다.

호오.

무혁은 뒤로 물러나면서 정령이 조금 더 다가오기를 기다렸다. 하지만 성민우의 앞에 위치한 어스는 움직일 생각이 없어 보였다. 그러는 사이 나머지 정령이 무혁과의 거리를 충분히 좁혔고 더 이상 물러서기만 할 수 없었던 무혁은 풍폭을 걸어 멀티샷을 날렸다.

팡, 파앙!

다가오던 정령이 화살에 맞으며 뒤로 밀려났다.

성민우를 향해 화살 한 대를 쏘는 것도 잊지 않았다.

대수롭지 않을 수도 있겠지만 한 대의 화살을 막거나 피하기 위해 움직일 것이 분명했고 무혁은 그 틈을 파고들 능력이 있었다.

그에겐 바람과도 같은 움직임이 있었으니까.

파밧.

정령을 지나쳐 성민우에게 접근했다. 어스가 앞으로 나오며 손을 휘두르자 바닥이 쩌적거리며 갈라졌다. 그곳에서 뻗어 나온 흙 손아귀가 무혁의 발목을 노렸지만 이미 예상하고 있었다.

흐읍!

숨을 참으며 방향을 급격하게 틀었다. 동시에 검을 휘둘러 어스의 발목에 잘라 버렸다. 금방 회복되겠지만 잠깐이나마 움직이지 못하리라. 그 정도면 충분했다.

"으라차차!"

성민우와 단둘이서 마주하게 되었으니까.

캉, 카가가강!

너클과 검이 빠르게 부딪혔다.

풍폭. 십자베기.

뒤쪽에선 정령들이 다가오고 있으리라.

속전속결.

무혁은 정말 조금도 봐주지 않았다. 애초에 스탯도 무혁이 더 높은 상태라 성민우는 힘겹게 버티는 수준이었다.

HP가 바닥까지 줄어들자 그가 양손을 들어 올렸다.

"항복, 항복!"

무혁도 휘두르던 검을 멈췄다.

"아, 뭐야, 젠장!"

"왜 졌는지 알겠냐?"

"아니."

"정령이 너무 멀리까지 가버렸잖아. 내가 유인하는 대로 쫓아오면 어쩌자는 거야?"

"아하?"

"그러니까 정령들은 오지도 못하고 그냥 끝나 버린 거야."

성민우가 고개를 끄덕였다.

"오케이, 이해 완료."

"다시?"

"어, HP만 채우고."

"그래."

두 사람은 앉아서 무구를 제작했다.

캉, 카앙!

한 개의 무구가 완성되었을 즈음.

"HP 다 찼어."

"그래?"

성민우와의 대련을 이어 나갔다.

다섯 번째 대련까지 와서는 더 이상 정령을 되는대로 지휘하지 않았다. 무혁의 움직임에 대응하는 일정한 패턴을 만들어낸 것이다. 그 탓에 까다로워진 것은 무혁이었다.

대련이 오래 이어졌지만 결국 항복을 선언하고 말았다.

"크, 크하하하!"

성민우의 광소였다.

"드디어 이겼구만."

"좀 늘었다?"

"크크, 내가 한 주먹하지."

무혁의 이마가 꿈틀거렸다.

"한 번 더?"

"너의 도전을 받아주마."

"허허……."

무혁이 웃으며 스켈레톤을 소환했다.

"엥? 뭐야, 왜 소환해?"

"왜라니?"

"치사하잖아!"

"어이, 어이, 친구. 나 네크로맨서라고."

"……."

성민우는 마치 그 사실을 잊고 있었다는 듯, 충격받은 표정을 지었다. 무혁은 웃으며 일부 소환수를 역소환시켰다.

남은 것은 아머나이트 15마리.

"이 정도면 되나?"

"콜."

다시 한번 서로 온 힘을 다해 부딪쳤다.

초반에는 꽤 비등한 상황이 연출되었지만 몇 번 대련을 이어가니 또다시 성민우가 무혁을 압도하기 시작했다. 정령 12마리의 힘은 그 정도로 대단했다. 게다가 성민우와의 연계가 갈수록 좋아졌다.

별수 없이 아머아처 7마리와 메이지 3마리를 더 소환했고 그제야 서로 간의 힘의 균형이 맞았다.

대련을 끝내고 비르 왕국으로 이동했다.

그 순간 퀘스트가 또다시 떠올랐다.

"올 때마다 떠오르나 본데?"

"아마도?"

무혁은 귀찮은 마음에 꺼버리려다가 고개를 갸웃거렸다.

[포르마 대륙 최강자전(변경) 퀘스트가 확인되었습니다.]

변경이라는 문구가 시선을 빼앗은 것이다.

이런 게 있었나?

무혁은 고개를 갸웃거리며 내용을 확인했다.

[포르마 대륙 최강자전(변경)]

[포르마 대륙의 최강자전을 주도한 귀족들이 마음을 바꾸어 보상의 질을 더욱 높였다.

예선전에서도 경험치를 획득할 수 있으며 토너먼트를 치를 경우에는 3배의 경험치를 획득 할 수 있다.

8위까지 보상을 지급하며 1위 보상 역시 파격적으로 변했다. 유저가 원하는 아이템은 어떤 것이라도 구해 줄 것이다.]

무혁의 걸음이 멈췄다.

"어, 이거……."

"왜?"

"이거, 뭐야?"

알고 있던 흐름이 아니었다. 물론 많은 것이 달라지기는 했다. 탑이나 보물 던전도 기존보다 빠르게 오픈이 되었고 무혁이 그 이득을 취했다.

두개골도 대부분을 선점해 비정상적으로 강해진 상태였다. 하지만 이건 아무리 생각해도 이상했다.

그것들과 상관이 있나?

무혁의 행보와 최강자전이 연관이 있어 보이진 않았기 때문이다. 카이론 백작의 개입을 알 수 없었던 무혁은 결국 의문을 해결하지 못한 채 한동안 고민에 잠겼다.

"아, 퀘스트가 변했네?"

"으응."

"이거 때문에 그러냐?"

"어."

"뭐가 문젠데?"

"아니, 그냥. 나도 참가할까 싶어서."

"진짜?"

"일단 고민 중이야. 원하는 걸 준다고 그러니까."

이 정도 보상이라면 숨어 있던 실력자도 대부분이 나타날 것이 분명했다.

'그 어떤 것이라도.'

이 문구가 주는 무게감은 생각보다 대단했다.

꼭 얻고 싶었던 아이템 몇 개가 있기는 한데, 무엇을 선택할지는 조금 더 고민해 봐야 할 것 같았다.

"야, 야. 고민할 게 뭐가 있어. 그냥 참가해!"

"어?"

"지금 바로 신청하러 가자고!"

성민우의 손에 이끌려 줄을 섰다. 이렇게까지 되니 도리어 마음이 편해지면서 결심이 섰다.

그래, 참가하자.

제대로 날뛰어보기로 했다.

무혁의 손에 새겨진 글귀. B조 98번.

광장 위쪽 대진표에 무혁의 이름이 새겨졌다.

레벨 124.

동시에 감탄사가 곳곳에서 터졌다. 수시로 대진표를 확인하던 유저들이었다.

"야, 저기 봐!"

"뭐?"

"B조 98번!"

"어……!"

"대박, 레벨이 124야?"

"무혁? 무혁이면 설마 그 조폭 네크로맨서?"

"맞네. 최상위 랭커!"

"와, 진짜 실력자들은 안 보여서 의아했는데 이제야 등장하는구만.”

“크. 진짜 재밌겠네, 이번 대회.”

옆에 있던 성민우가 웃었다.

“인기가 많으시구만?”

“너도 랭컨데 왜 관심이 없냐?”

“두고 보라고. 이번 대회에서 내 이름을 머릿속에 아주 그냥 콱, 박히게 만들어줄 테니까.”

그 순간이었다. 두 명의 유저가 무혁에게 다가오더니 앞에서 멈췄다. 한 명은 안면이 있었고 한 명은 처음 보는 유저였다.

어차피 사냥터가 아니었기에 싸울 일은 없을 터. 무혁은 두 사람을 번갈아서 쳐다봤다.

그 둘 역시 서로를 바라보며 미간을 찌푸렸다.

“너는 날 찾아왔을 테고.”

“그렇다.”

아스라한의 대답을 들은 후 낯선 유저를 쳐다봤다.

“그쪽은……?”

“아, 반갑습니다. 저는 칼리온이라고 해요.”

“네, 무슨 일이신지?”

그때 아스라한이 앞으로 나섰다.

“내가 먼저 왔다.”

“크흠, 저기요. 제가 좀 급해서요. 아니, 그보다 왜 반말?”

칼리온과 아스라한의 시선이 허공에서 얽혔다. 누구 한 사람도 양보할 수 없다는 기세를 피우기 시작하는데 당사자인 무혁은 어이가 없을 따름이었다.

"아, 넌 됐고."

아스라한을 등지고 칼리온과 마주했다.

"무슨 일이세요?"

"아, 제가 퀘스트를 하나 받아서요."

"퀘스트요?"

"네, 발시언 스승님이 수제자를 데려오라고……."

"조폭 네크로맨서에요?"

"네, 맞아요."

"흐음, 그런데 왜 그런 퀘스트를 받으셨는지?"

"그, 그게……."

칼리온은 한참을 머뭇거렸다. 답답했다.

"제가 좀 바빠서요."

"아, 사실대로 말할게요! 그러니까 처음에……."

조폭 네크로맨서를 아냐는 질문에 안다고 대답했다는 사실과 홍보하는 사람의 말을 듣고 왔다는 거짓말로 위기를 모면했다는 것, 그러다 의심을 받으면서 이번 퀘스트를 받게 되었다는 이야기까지.

"아……."

그의 말에 스치듯이 지나가는 게 있었다.

맞아, 홍보를 했냐고 물었었지.

아마도 눈앞의 유저 때문이었으리라.

흐음.

눈앞의 유저, 칼리온의 표정은 정말 애처로웠다.

거절하기가 어렵다고나 할까.

별수 없이 고개를 끄덕이는 무혁이었다.

“뭐, 그 정도야.”

“가, 감사합니다! 정말로 감사합니다!”

“아니에요.”

“이 은혜, 절대 잊지 않을게요!”

“네, 잠시만 기다려주세요.”

“알겠습니다!”

이후 아스라한을 쳐다봤다.

“무슨 일이지?”

“싸우자.”

“뭐……?”

“너에게 대결을 신청한다.”

“…….”

순간 소름이 돋는 무혁이었다.

이 녀석, 이상하다.

왠지 피해야만 할 것 같은데 피하면 계속 쫓아올 것 같은 집념의 눈빛을 확인하는 순간 그마저도 쉽지 않으리라는 확신이 들었다. 차라리 한 번 죽여 버린 후 24시간 동안 편해지는 게 더 나을 것 같다는 생각이 문득 들었다.

“사냥터로 따라와.”

일방적으로 말을 하며 돌아서는 아스라한.

무혁은 자석에 이끌리듯 뒤를 쫓아갔다.

아스라한이 첫 스킬을 사용하는 순간 알 수 있었다.

쉐도우 댄서.

본래는 평범한 암살자였었던 것으로 기억을 한다.

운이 좋군.

짧은 사이에 상당히 좋은 직업을 얻어서 나타났다. 흥미로웠지만 일단은 대결이 먼저였기에 그에게 집중했다.

스킬이 뭐가 있었지?

쉐도우 댄서에 대해 떠올리는 무혁이었다.

그래, 숨기가 있었고.

그림자에 숨을 수 있다는 건 엄청난 메리트였다. 하지만 직업을 알기에 약점 역시 알고 있었다.

숨을 수 있는 범위가 그리 넓지 않다는 것. 상대방의 그림자나 분신의 그림자, 그것도 아니라면 주변 나무나 바위의 그림자가 대부분이다. 그렇기에 범위 마법을 사용하여 예상되는 지점을 가격하면 모습이 드러나게 된다.

무혁은 철저하게 그 부분을 공략하기로 했다.

여섯의 분신. 본체까지 한다면 7명이다. 한 마리가 사라지는 순간을 노려 마법 공격을 퍼부을 작정이었다.

물론 그전에는 일단 공격을 몇 번 주고받아야겠지만.

아머기마병, 돌격……. 몇 번의 공방을 주고받고 있을 즈음. 한 명이 사라졌다. 그림자 숨기를 사용한 것이리라.

메이지, 마법 공격.

주변을 폐허로 만들어버렸다. 치솟은 먼지가 사라졌고 서둘러 주변을 훑었다. 여섯의 분신은 눈앞에 있었고 하나는 멀지 않은 곳에 위치한 바위 앞에 있었다.

저 녀석이군. 본체라는 확신을 가지고 공격을 퍼부었다.

한편. 아스라한은 미소를 짓고 있었다.

그가 소환은 분신은 여섯. 8명까지 소환할 수 있지만 일부러 여섯만 소환을 한 것이다. 몇 가지 계획을 구상했는데 그것을 실행하기 위함이었다.

첫 번째로 한 명의 분신을 역소환시켜 경계심을 높이려고 했다. 갑자기 한 마리가 사라졌으니 정상적인 유저라면 의문을 느끼게 마련이다.

그 의문을 파고든다면 틈을 노릴 수 있게 되리라. 그런데 예상을 뛰어넘는 무혁이었다. 갑자기 주변으로 마법을 퍼붓기 시작한 것이다.

마치 그림자 스킬의 존재를 알고라도 있는 것처럼.

상관없지. 계획은 수정하면 그만이니까.

게다가 이쪽이 더 상대를 속이는 것에 수월했다.

그림자 숨기.

마법이 모두 퍼진 이후 아스라한은 모습을 숨겼다. 동시에 역소환했던 분신을 바위 앞에다가 불러냈다.

분신2, 무릎을 꿇어라.

그러자 무혁이 소환수를 동원하여 분신2를 집중적으로 공격하기 시작했다.

흐음.

지켜보던 아스라한은 의문을 또다시 느꼈다.

정말로 알고 있는 건가?

그게 아니라면 저런 반응은 이해가 되지 않는다.

놀랍군.

어떻게 알고 있는지는 모른다. 그렇기에 더욱 흥미로웠다.

그 순간 분신2가 사라졌다.

"음……?"

무혁의 입에서 신음성 비슷한 소리가 튀어나오는 순간.

스팟.

아스라한이 그의 그림자에서 올라오며 단검으로 찔렀다.

푸욱!

크리티컬과 추가 대미지로 2,000이 넘는 피해를 입혔다.

놀란 무혁이 몸을 틀며 방패를 내밀었다. 윈드 스텝을 사용하여 뒤로 물러서는데 그 속도가 너무 빨라서 쉽게 쫓아갈 엄두가 나지 않았다.

무엇보다도 어느새 다가온 스켈레톤들이 주변을 포위한 탓에 할 수 있는 게 없었다.

별수 없군.

뒤로 물러서는 아스라한이었다.

연막, 바위 변하기. 분신7 소환. 연막으로 시야를 흐렸고 바위 변하기를 사용해 후방 10미터로 이동했다. 그곳에 작은 바위 하나가 생겼지만 누구도 눈치채지 못했다.

뒤이어 연막이 사라졌을 땐 분신8이 본래 그가 있던 자리에서 주변 스켈레톤을 단검으로 공격하고 있었다.

같은 시각. 뒤로 물러난 무혁은 씁쓸한 표정을 지었다.

당했네.

아마도 분신을 숨겨놓고 자신을 농락했으리라.

HP도 상당히 빠진 상태라 다시 같은 공격을 당한다면 정말로 위험했다.

긴장하면서 스켈레톤을 지휘하는데 갑자기 연막이 터졌다. 마침 바람이 불어와 연막이 금방 걷혔는데 그곳에서 아스라한이 스켈레톤을 공격하고 있었다.

분신이군.

한눈에 파악할 수 있었다.

또 숨은 걸까?

그림자 스킬은 쿨타임이 꽤 긴 것으로 알고 있다. 동영상을 상당히 많이 봤기에 오래전의 일임에도 불구하고 얼핏 기억이 났다. 물론 몇 개의 인상적인 스킬만 머릿속에 남은 상태라 다른 스킬이 무엇인지는 알 수 없었다.

방법을 바꾼다, 분신을 먼저 모두 처리하는 것으로.

순식간에 조를 나눴다. 하나의 조에 10마리의 스켈레톤이 배치되었다. 스켈레톤들은 각기 다른 분신 한 마리씩을 맡았고 남는 30마리는 무혁을 보호하듯 포위했다.

펑, 퍼엉!

분신은 생각보다 빠르게 정리가 되었다.

남은 것은 본체.

과연 어디에 숨은 것일까.

무혁은 다시 한번 메이지에게 마법을 명령했다. 그중에 한 가지 마법이 아스라한이 변해 있던 바위로 날아갔고 아스라한은 별수 없이 스킬을 풀었다.

콰아앙!

곧바로 그림자 숨기를 사용해 무혁의 뒤쪽에 숨는 아스라한이었다. 하지만 무혁은 그의 행동을 대략적으로 예측하고 있었기에 주변 스켈레톤들이 서로가 서로의 그림자를 공격하도록 명령했다.

하지만 놈은 나타나지 않았다.

나였군.

아머나이트에게 무혁의 그림자를 공격하도록 명령했다.

그림자 속에 있던 아스라한은 다가오는 검을 바라보며 별수 없이 스킬을 풀었다. 단검을 휘둘렀으나 대비하고 있던 무혁은 어렵지 않게 그의 검을 맞받아칠 수 있었다.

카강!

이제는 마무리를 지을 차례였다.

"재밌었다."

오랜만에 경각심을 느낄 수 있었던 좋은 기회였다.

풍폭, 십자베기. 아머나이트1, 2 강한 일격. 아머아처1, 2 파워샷. 죽은 자의 축복…….

모든 스킬을 모두 쏟아부었다.

쾅, 콰과과과광!

하지만 메시지가 떠오르지 않았다.

"허어."

입에서 탄성이 터져 나왔다. 상황을 정확하게 알 순 없었지만 마지막 순간 본체를 분신으로 바꿔친 모양이었다.

아스라한이 끝까지 숨기고 있던 여덟 번째 분신이었다. 그는 은신을 사용해 그 자리를 모면한 것이다.

예상대로 저 멀리서 아스라한이 나타났다.

"오늘은 여기까지만 하지."

마지막까지 무혁을 농락한 것이었다. 이내 등을 돌리더니 손을 들었다.

척.

마치 아주 먼 과거에 유행했던 한 애니메이션의 장면처럼.

"미친놈……."

무혁은 중얼거리며 고개를 저었다. 왠지 더는 아스라한과 마주쳐선 안 될 것 같다는 생각만이 뇌리를 지배했다.

아스라한과의 대결을 마친 무혁은 칼리온과 함께 헤밀 제국으로 향했다. 함께 따라온 성민우는 칼리온을 힐끔거리며 옆에서 속닥거렸다.

"야, 야. 뭐, 보상은 안 받냐?"

"무슨 보상?"

"보니까 엄청 절박해 보이던데……."

"됐어. 이런 걸로 무슨."

무혁도 사실 찝찝한 면이 있었다.

'홍보를 하지 않았다.'

아무런 생각도 없이 했던 그 대답으로 인해서 저 유저가 자신을 찾기 시작한 것일 테니까.

꽤 오래 걸렸을 텐데. 이 정도는 해줄 수 있다. 직업 퀘스트에서 좀 부려먹지, 뭐.

"호오, 의외다."

"의외는 무슨."

"좀 냉정하다 싶었는데 그래도 아직 착한 면이 있었네."

"내가 많이 착하지."

"착했었지."

"악에 물들기라도 한 것처럼 말한다?"

"하하, 장난입니다요."

옆에서 듣고 있던 칼리온은 그저 안도할 뿐이었다.

그러면서 문득 생각했다. 과연 자신이었다면 처음 보는 낯선 유저의 부탁을 이렇게 흔쾌히 들어줬을까.

정말 대단해.

최상위 랭커면서도 뻗대는 모습이 없었다.

부럽기도 하고……. 그리고 고맙기도 했다.

꼭 보답해야지.

그렇게 다짐하면서 무혁의 뒤를 따라갔다.

어느새 발시언의 집에 도착했다.

똑똑.

노크를 하자 문이 열렸다.

"들어오거……."

무혁임을 확인한 발시언이 눈알을 굴렸다. 뒤쪽에 있는 칼리온을 발견하더니 이내 이해했다는 듯, 고개를 끄덕였다.

"들어와라."

"예."

"저 녀석은 누구냐?"

"제 친구요."

"흐음, 거기 친구라고 했나?"

"아, 네."

"넌 밖에서 기다리거라."

"예?"

"기다리라고, 귀가 먹었냐?"

"아, 아뇨."

"그래, 안 먹었으면 됐고."

무혁이 피식 하고 웃었다.

"잠깐만 기다려."

"어, 그, 그래."

멍한 표정의 성민우를 남겨놓은 채 걸음을 내디뎠다.

문이 닫히면서 분위기가 변했다.

발시언이 칼리온을 예리하게 훑기 시작한 것이다.

"꽤 빨리 왔구나."

"그, 그럼요."

칼리온은 고개를 숙였다.

두근, 두근.

함께 데려왔고 미리 의견을 조율한 상태였지만 그래도 떨리는 건 어쩔 수가 없었다. 혹시라도 무혁이 말을 바꾼다면? 이 자리에서 죽는 것은 물론이고 직업도 박탈당하게 되리라.

제발.

속으로 빌면서 기다리는 게 그가 할 수 있는 전부였다.

"뭐, 좋다. 말해봐라. 어떻게 된 거냐? 홍보를 했던 거냐?"

"아, 홍보를 한 건 아닙니다."

"그래? 그럼 역시……!"

발시언이 손을 쓰려는 순간 무혁이 말을 이어갔다.

"근데 제가 알려준 건 맞습니다."

"엥? 그게 무슨 소리냐?"

"전에 여기 있는 친구랑 같이 몬스터를 잡으면서 친해졌거든요."

"호오?"

"그래서 수다를 떨다가 직업에 대해서도 언급하게 된 거죠. 자세하게 알려주진 않았고요. 그런데 알아보니까 배움을 얻은 자들 중에서 그 방법을 막무가내로 퍼뜨린 사람이 있더라고요. 그 탓에 이번에 사람이 몰리게 된 거고요."

그때 칼리온이 고개를 들었다.

"마, 맞습니다. 여기까지 찾아오는 방법은 이번 사건으로 알게 된 거고 조폭 네크로맨서를 아느냐는 질문에는 한 번 들었던 기억이 있어서 안다고 대답했던 겁니다."

발시언이 고심했다. 무혁을 바라보더니 재차 물어왔다.

"확실한 거냐?"

"그럼요."

"크흠, 수제자인 네가 그렇게까지 말하니 믿어주마."

그제야 칼리온은 안도했다.

"가, 감사합니다!"

"쩝. 아무튼 내 실수이니 받아라."

작은 상자였는데 그것을 받은 칼리온은 확인할 생각도 하지 않은 채 그냥 고개만 연신 꾸벅거리고 있었다.

"에잉, 괜한 심력만 소모했구나."

"그래도 이렇게 얼굴 보니까 된 거죠."

"크흠, 뭐. 됐고. 이번에 꽤나 소란스럽더구나."

"어떤……?"

"그, 뭐 대회를 연다던데."

"아, 맞아요."

"너도 나가냐?"

"네, 어쩌다 보니."

발시언의 표정이 묘해졌다.

"그래? 나간단 말이지?"

"네, 왜 그러세요?"

"아니, 아니다. 꼭 우승하도록 해라."

"알겠습니다."

"그만 가 봐."

"예."

웃으며 대답한 뒤 칼리온과 함께 방을 벗어났다. 밖에서 기다리고 있는 성민우와 함께 비르 왕국으로 돌아가려는데 칼리온이 앞을 막았다.

"저, 정말 고맙습니다."

"아, 네."

"그, 친구 추가…… 해도 될까요?"

"그러시죠."

서로 악수를 나눴다.

[유저 '칼리온'과 친구가 되었습니다.]

다시 감사의 인사를 한 칼리온이 서둘러 자리를 떴다.

"쩝, 아무것도 안 주고 그냥 가네?"

"됐어."

"그냥 말이 그렇다고. 비르 왕국으로 갈 거냐?"

"어, 대진표나 좀 보게."

"오케이!"

함께 비르 왕국으로 이동했다. 광장 앞에서 대진표를 가만히 바라보고 있는데 갑자기 웅성거림이 번지기 시작했다. 관심 없던 무혁조차 고개를 돌리게 만들 정도였다.

"뭔 일이래?"

소란은 조금씩 멎었고 대화 소리가 제대로 들려왔다.

"야, 야. 저거!"

"뭐?"

"저기 보라고, 병신아! F조 127번!"

"F조 127번?"

"그래!"

그들의 대화에 따라서 무혁도 고개를 들었다.

뭐가 있기에?

그곳에 너무나도 익숙한 이름이 적혀 있었다.

닉네임 다크. 랭킹 1위가 등장한 것이었다.

호오?

무혁도 꽤나 놀랐다. 이번에 보상이 바뀌면서 실력자 상당수가 참가하리라고 생각했지만 랭킹 1위가 나타날 줄이야.

확실히 이슈가 되겠네.

상위 랭커들이 더 빠르게 모여들 것이란 생각이 들었다.

이슈는 되었으나 실력자가 없어서 앙꼬 없는 찐빵이라는 소리를 듣던 최강자전 토너먼트가 오늘을 기점으로 바뀌어 버렸다.

게시물도 빠르게 올라왔지만 무엇보다도 일루전 홈페이지

의 전용 채팅방이 아주 활발해졌다.

-소식 들었어요?

-어떤?

-최강자전 토너먼트에 무려…….

-다크 님 참가하는 거요?

-아뇨, 그건 이미 전에 소식이구요.

-그럼요?

-무투가 거스 님이 출전한다던데요!

-허업. 무혁에 다크에 거스까지……?

-미친 라인 업.

-님들, 쉐도우 아처 아레스도 나왔답니다.

-와, 이러다 진짜 랭커 다 참가하겠네요.

-그러면 좋죠! 볼거리도 많고.

-예선전부터 기대하는 중입니다!

-예선전 방식은 발표되지 않았죠?

-네, 엄청 궁금하네요.

-지금 또 랭커가 대진표에 올라왔네요.

-허어, 저 접속해야겠어요. 궁금해서 안 되겠네요.

-저두요!

다크의 소식이 퍼지면서 최상위 랭커 몇 명이 출전했고 그 탓에 숨어 있던 실력자들 역시 관심을 보이기 시작했다.

"호오, 그 녀석들이?"

"궁금하지 않냐?"

"뭐, 보상이 바뀌어서 확실히 괜찮긴 하지. 나도 사실 예전에 귀족 창고에서 봤던 아이템 하나가 있는데 엄청나게 맘에 들더라고. 기여도가 부족해서 얻지는 못했지만."

"그거 말하면 주겠네."

"그렇지. 근데 그보다 좋은 아이템도 있을 거란 말이야."

"정보도 필요하겠는데?"

"알아보자고."

"결론은?"

"참가해야지."

음지에 숨어 있던 유저들이 하나둘씩 모습을 드러냈다.

오늘이 접수 기간의 마지막 날이었다. 대기하던, 혹은 상황을 지켜보던 유저들 모두가 비르 왕국으로 왔다. 광장을 넘어져 뒤쪽까지 줄이 이어졌지만 다행스럽게도 빠른 속도로 대기자가 줄어들었다.

그럴 때마다 대진표는 갱신되었고 새롭게 등장한 유저의 닉네임을 확인하며 내일부터 시작될 대회에서 어떻게 싸워 나가야 할지 머릿속으로 상상했다.

물론 이 시간에도 진짜 실력자는 의뢰를 하거나 사냥을 하면서 조금이라도 더 경험치를 올리기 위한 사투를 벌이고 있었다. 그건 무혁과 성민우 역시 크게 다르지 않았다.

"오늘 여유롭게 1업은 하겠지?"

"당연하지."

"오오, 좋아. 순위권에 들 가능성이 더 커지겠는데!"

그러면서 눈앞에 있는 다수의 몬스터를 향해 돌진했다.

"흐랴아압!"

다만 평소와 다른 점이 있었는데 그의 옆에 소환수가 없다는 사실이었다. 이미 소환수와 함께 연계하는 전투는 무수하게 펼쳐 온 두 사람이었다. 지금은 내일부터 시작될 토너먼트를 위해서 홀로 전투하는 법을 연습하는 중이었다.

물론 토너먼트에서도 소환수와 함께 전투를 벌이겠지만 결국 마지막까지 남는 건 본인이었기에 최대한 감각을 끌어올릴 필요가 있었다.

"흐읍!"

확실히 소환수가 없으니 전투가 힘겨웠다.

풍폭, 강력한 활쏘기. 윈드 스텝…….

쉴 틈이 없는 건 당연했다. 끝없이 움직여야만 몬스터 무리에 갇히지 않을 수 있었다. 아주 잠깐이라도 멈칫하는 순간 공격이 날아와 HP를 앗아갔다.

콰아앙!

방패로 막았지만 무혁의 표정은 그리 좋지 않았다.

소환수가 없으니 힘드네.

성민우 역시 버거운 기색이었다.

그래도, 조금만 더.

다시 놈에게 다가갔다.

지척에서 휘둘러지는 손톱을 직시하며 상체를 숙였다. 이후 몸을 비틀면서 한쪽 다리로 바닥을 쓸며 방향을 급격하게 전환했다. 빠르게 놈의 뒤로 이동해 검을 휘둘렀다.

풍폭, 십자베기.

거의 동시에 녀석의 꼬리가 무혁의 옆구리를 쳤다. 피하려는 생각이 너무 강했던 걸까. 지면을 차면서 허공으로 점프를 해버리고 말았다.

아, 이런.

이렇게 되면 다음 공격을 피할 수가 없어진다.

차라리 한 대 맞아주는 게 나았어.

또다시 한 가지를 배웠다.

문제는 그 짧은 순간, 몬스터 세 마리가 무혁을 포위했다는 사실이다.

공격을 방패로 막으면?

그래도 죽음을 면치 못하리라.

"스켈레톤 전사 소환."

별수 없이 스켈레톤을 불러내었다.

키릭, 키리릭?

나타난 아머나이트들이 대신 공격을 맞아줬다.

"어? 뭐냐!"

"아, 죽을 거 같아서."

"후아, 나도 너무 힘들다. 그냥 일단 처리하자!"

성민우도 정령을 소환했다. 순식간에 전투가 끝났다.

"우와! 이렇게 다르구나."

"당연하지."

"어떠냐?"

"하나 배웠다."

"좋네. 그럼 다시 움직여야지?"

고개를 끄덕이는 무혁이었다.

다음 날. 비르 왕국의 북쪽에 위치한 성문이 열렸다.

성내로 진입하는 길이 일루전 역사상 처음으로 자유로워진 순간이기도 했다. 어떤 자격도 필요가 없었다.

참가하는 인원도, 취재를 위한 인원도, 그리고 구경을 위한 인원까지도. 그 모두를 수용하고 남을 정도로 성내는 넓었다. 유저들이 자유롭게 돌아다닐 수 있는 성외보다 족히 수배는 넓었기에 가능한 일이었다.

"와, 여기서 성내야?"

"귀족이랑 왕이 있는 곳이지?"

"처음 와본다, 야."

"크으, 으리으리하네."

"아니, 근데 어떻게 바깥보다 더 넓을 수가 있냐?"

"귀족이잖냐."

"하, 더러워서. 나도 작위 얻고 싶다."

"언젠가는 얻겠지."

많은 유저가 대화를 나누며 성내를 돌아다녔다.

"으리으리하네."

"크으!"

곳곳에 경비원이 위치한 상태였기에 금지된 구역으로는 갈 수 없었다. 수상한 행동 역시 꿈도 꾸지 못다.

그럼에도 불구하고 유저가 모이게 되면 사건, 사고가 발생하게 된다. 이번에도 마찬가지였는지 어디선가 소란스러움이 물씬 풍겨왔다.

호기심에 바삐 움직이는 사람들 중에는 무혁과 성민우도 있었다.

"뭔 일이래?"

유저들을 비집고 들어가니 세 명의 그룹과 다섯 명으로 이뤄진 그룹이 대치하고 있었다. 서로를 바라보는 표정이나 기세가 심상치 않았다.

"부딪혔으면 사과를 해야 할 거 아냐!"

"하, 어이없네. 네가 먼저 발을 밟았잖아!"

"지랄하네."

"지랄? 지랄이라고 했냐?"

"그래, 했다. 어쩔 건데?"

"이 새끼가……!"

서로에게 다가가는 두 무리의 유저들이었다. 그 모습에 성민우가 흥미로움과 걱정스러움이 뒤섞인 표정을 지었다.

"싸우려나 본데?"

"재밌겠네."

"말리거나 그런 건 없고?"

성민우의 질문에 무혁이 눈을 크게 떴다.

"왜 말려?"

"어? 아니, 뭐. 그냥?"

"알아서 하겠지."

"뭐, 그렇지. 다 큰 어른들이니까."

불구경과 싸움 구경. 지금 눈앞에 벌어지려고 하는 것은 가장 재밌는 두 가지 구경 중에 하나가 아니던가.

무혁은 팔짱을 낀 채 대치 중인 유저들을 눈대중으로 확인했다. 짧은 사이 긴장감은 극도에 달했고 그들은 결국 각자의 무기를 꺼내는 지경에 이르렀다.

"시발, 그냥 죽여 버려!"

"이 새끼가!"

그렇게 3 대 5의 싸움이 시작되었다.

시작부터 스킬의 연속이었다. 수로 밀어붙이는 다섯의 유저와 연계와 조합으로 불리함을 극복하는 세 명의 유저.

"생각보다 잘 싸우는데?"

그들과 약간의 공간을 둔 채 흥미롭게 지켜봤다.

"호오."

"워, 좋다. 더 싸워라!"

다른 유저들 신나게 응원하며 환호했다.

"다들 정지!"

하지만 어느새 나타난 경비원으로 인해 분위기가 싸하게 가라앉았다. 하지만 흥분에 겨워서 전투를 치르는 유저 여덟 명은 여전히 상대방을 공격하고 있었다.

싸움이 멈출 생각을 하지 않자 경비원이 손에 들린 창대로 바닥을 찍었다.

쿠우우웅.

거대한 진동이 사방으로 퍼졌다.

[일시적으로 신체가 마비됩니다.]

어이없는 표정을 짓는 유저들.

그 뒤로는 일사천리였다. 전투를 벌인 8명의 유저 모두가 포박된 채 감옥으로 끌려간 것이다.

"이 새끼가 먼저 시비를 걸었다고!"

"무슨 헛소리야!"

참으로 허무했다. 하지만 한 가지는 확실하게 깨달았다.

경비원은 역시, 강하다.

그 뒤로는 더 이상 소란이 일지 않았다.

왕국 구경도 지겨웠을 무렵.

척, 처억.

갑옷을 입은 기사와 귀족 차림의 중년인이 왕궁에서 나왔다. 풍겨오는 위압감이 유저들의 시선을 사로잡았다.

"대회에 참가하는 이는 모두 날 따르도록."

그의 말에 유저들이 모였다. 중년인은 모이는 그들을 잠시 바라보다 등을 돌린 후 성내의 뒤쪽에 위치한 거대한 연무장으로 이동했다. 이미 일단의 유저들이 자리를 잡고 있었다.

"여기서 뭐 연설이라도 하려나?"

성민우의 말에 무혁이 웃었다.

"아마도?"

"아아, 지겹겠네. 학창 시절 때 가장 싫었던 게 교장선생님 연설이었는데."

그때 중년인이 걸음을 멈췄다.

"A조는 가장 왼쪽으로. 그 오른쪽에 B조, B조의 오른쪽에는 C조가 위치하면 된다. 각조의 경우 본인의 숫자에 맞게끔 줄을 서도록."

그의 말에 유저들이 움직였다. 무혁과 성민우 역시.

그러다 낯익은 몇 명을 발견했다.

"어? 저 녀석……."

아스라한이었다.

으음……!

놈을 보는 순간 무혁은 오싹한 한기를 느꼈다.

뭔가 기분이 더럽단 말이지.

다행이라면 조가 꽤나 떨어져 있다는 사실이랄까.

"PK범이 버젓이 나돌아다니네."

"신경 끄자."

"쩝, 그래. 어, 저기 그놈도 있어."

"그놈?"

다시 고개를 돌렸다. 무혁과 계약을 맺은 루돌프였다. 그 역시 무혁을 발견했지만 이내 못마땅한 표정을 지으며 시선을 피했다.

진짜 다 모여드는구나.

성민우의 호들갑은 아직도 끝나지 않은 모양이었다.

"어? 대박. 야, 야. 저기."

"또 왜?"

이번에 성민우가 가리킨 유저는 다크였다. 그를 확인하는 순간 장난스럽던 무혁의 표정이 딱딱하게 굳었다.

다크.

아무리 무혁이 대단하다고 해도 애초에 게임 재능에서는 다크를 따라갈 수가 없다. 이미 알고 있는 정보를 토대로 해서 여기까지 온 무혁과 달리 다크는 아무것도 모르는 채로 1위를 고수하고 있는 상태였으니까.

게다가 직업도 하필이면 성기사인지라 네크로맨서에게는 가히 천적과도 같았다.

그 순간 고개를 돌린 다크와 눈이 마주친 무혁이었다.

순간 저릿한 감각이 가슴을 찔러왔다.

두근.

뭔가 말로는 표현하기 어려운 이 감정, 주먹이 쥐어졌다.

다크와 함께하고 있던 유저, 킬리만자로.

"어이, 누굴 보는 거야?"

"아아, 별거 아냐."

무혁과 눈을 마주하던 그가 고개를 돌렸다.

하지만 킬리만자로의 성격상 이런 기회를 놓칠 리가 없었다. 애초에 그 사실을 알면서도 부정할 수밖에 없는 현실에 다크는 속으로 혀를 찰 뿐이었다.

"별거 아니긴, 네가 그렇게 보는 유저가 흔하냐?"

"크흠."

"누구냐니까?"

킬리만자로가 다크의 시선이 있던 곳을 주의 깊게 살폈다. 그러다 무혁을 발견했는지 미묘한 탄성을 내뱉었다.

"아아, 저 유저?"

들킨 모양이었다. 다크는 대답하지 않았다.

"조폭 네크로맨서였지? 너, 저 유저한테 관심 있었냐?"

"미친놈."

"어? 부정하니까 더 수상한데? 남자로서 흥미가 있는 건 아닐 테고. 그럼 남은 건 널 자극했다는 건데……."

잠시 눈을 감고 생각하던 킬리만자로가 박수를 쳤다.

"아, 생각났어. 너 예전에 보스 몬스터 잡으려고 계획했다가 저 유저한테 한 방 맞았지?"

"……."

"크킄, 맞구만. 그래서 호기심이 좀 생겼나 보다?"

다크의 입술이 씰룩거렸다.

"어어, 뭐야. 한 대 치려고?"

"그럴지도."

"그러다 경비원한테 잡혀간다."

"하아, 귀찮은 놈."

"그게 내 매력이지."

고개를 젓던 다크가 다시 눈동자를 옮겼다.

무혁은 보이지 않았다.

"그 유저 찾냐?"

"아니."

"저기 B조로 가던데? 너랑은 조가 한참 떨어져 있네."

"그래서?"

"그냥 그렇다고."

"멋대로 생각하지 마라. 네크로맨서 내 상대가 될 거라고 생각해?"

"어후, 그건 아니지. 무려 성기사님이신데. 네크로맨서가 가장 상대하기 쉽잖아. 붙으면 결과야 뻔한 거 아니겠어?"

"당연하지."

"쩝, 생각해 보니 그러네. 하필 너한테 한 방 먹인 유저가 네크로맨서라니. 아쉽다."

그때 일단의 무리가 다크에게 다가왔다.

"실례합니다!"

"누구시죠?"

"아, 저흰 방송국에서 나왔습니다. 시간이 있으시면 간단하게 인터뷰라도……."

"관심 없습니다."

"아이고, 부탁드리겠습니다. 그냥 한마디라도 좋습니다!"

옆에 있던 킬리만자로가 나섰다.

"그냥 그쪽 보면서 말하면 돼요?"

"그럼요!"

"크흠, 크흠. 그럼 한마디만 하죠."

킬리만자로가 씨익 하고 웃었다.

"반가워, 예쁜이들! 난 킬리만자로라고 해. 이 멋진 오빠가 꼭 우승할 테니까 응원하라고!"

"어, 저기……."

"자, 다크. 너도 한마디 해야지."

다크를 유도하는 그의 행동에 관계자는 입을 다물 수밖에 없었다.

왜냐고?

그는 인터뷰를 하지 않기로 유명했으니까

방송국 촬영 관계자들은 라인의 끝에 자리를 잡았다.

"화면 잘 잡으라고."

"예, 감독님!"

촬영 전용 캡슐이라 일반 유저와는 다른 다양한 촬영이 가능했다. 그 탓에 좋은 자리를 먼저 잡기 위한 눈치싸움도 치열했고.

"크으, 아무튼 연달아 대박이구만."

"그죠? 보물 던전도 놀라웠는데 무려 최강자전까지……!"

"흐흐, 정말 돈 덩어리지. 아, 그리고 인터뷰는 땄어?"

"그럼요. 우승 후보는 거의 다 땄습니다. 성격 진짜 더러운 사람은 빼고요."

"그 더러운 사람이 누군데?"

"뭐, 다크라든가……."

"……."

감독의 표정이 일그러졌다.

"이 새끼, 다크라고?"

"네? 아, 네."

"랭킹 1위잖아!"

"그, 그렇죠."

"그럼 아무리 성격이 더러워도 무조건 땄어야지!"

"아이고, 감독님. 그 유저 인터뷰 안 하기로 유명한 거 잘 아시지 않습니까. 아무리 부탁을 해도 돌덩이처럼 꿈쩍도 안 하는데 제가 어쩝니까."

"에잉, 한심한 놈!"

"그래도 무혁, 그 유저 인터뷰는 땄다고요."

"그 조폭 네크로맨서?"

"네, 보물 던전을 오픈한 유저요!"

"야, 야. 됐어. 지금 중요한 건 보물 던전이 아니라 이번 대회라고. 게다가 네크로맨서면 성기사한테는 취약인데, 도대체 생각이 있는 거야, 없는 거야?"

"호, 혹시 모르잖아요."

"모르긴 뭘 몰라! 난 다 알아!"

그사이 포르마 대륙 최강자전 토너먼트가 막을 올렸다.

거대한 홀의 정면, 높은 단상 위로 꽤나 많은 사람이 올라왔다. 그중 대표로 보이는 자가 앞으로 나섰다.

"반갑습니다. 아뮤르 공작이라고 합니다."

마법 증폭을 사용한 덕분에 그의 목소리가 멀리까지 선명하게 들려왔다.

"각 왕국과 제국의 대표로 이 자리에 서게 되었습니다. 분위기가 뜨겁게 달아오른 만큼 긴 이야기는 하지 않겠습니다. 최선을 다해 실력을 보이고 스스로를 증명하십시오. 그에 합당한 보상은 저희가 준비하도록 하겠습니다. 이상입니다."

짧고 굵은 멘트였다.

"호오, 괜찮은데?"

"지루하지 않아서 좋네요."

이후 사회자가 개막식을 마무리 지었다.

"자, 그럼 지금부터 1차 예선전을 시작하기 전에! 어떤 방식으로 예선전을 치르게 될지 알려드리겠습니다."

모두들 사회자의 말에 집중했다.

"잘 찍으라고."

"물론이죠."

처음으로 공개되는 예선전 방식이었다.

"500명 데스 매치입니다!"

약간의 소란스러움이 이어졌다.

"데스 매치?"

"아, 젠장. 500명이 모여서 싸우는 거야?"

"미쳤네."

일부는 예상했다는 듯 고개를 끄덕였다.

"당연하지. 참가 인원이 워낙 많으니까."

"뭐, 난 상관없어."

"근데 500명이면 실력자도 떨어질 수 있겠는데?"

"하긴……."

"약한 놈들끼리 뭉쳐서 강한 놈부터 없애야지."

"같은 조에 걸리면 좋겠네."
"병신아, 몇 명이나 살아남을지도 모르는데 좋기는."
"아, 그렇구만."
가만히 지켜보던 사회자가 말을 이어갔다.

"자, 설명을 드리겠습니다."

그 말에 소란스러움이 사라졌다.

"먼저 500명이 하나의 그룹이 됩니다. 물론 그룹 편성은 기존에 정해진 알파벳에 따라서 나뉩니다. A조 1번부터 500번까지가 a1그룹이 되고 501번부터 1000번까지가 a2그룹이 됩니다. 1001번부터 1500번까지는 a3그룹이겠죠? B조 1번부터 500번까지는 b1그룹. 501번부터 1000번까지가 b2그룹이 되는 겁니다. 이렇게 그룹이 나뉘게 되면 각 그룹은 저희가 준비한 마법적인 공간에 진입하여 대결을 펼쳐야 합니다. 500명으로 이뤄진 각 그룹에서 살아남기 위해서는 최종적으로 4명이 남을 때까지 살아남아야만 합니다."

참가한 유저가 사실상 너무 많아서 그룹도 엄청났다.
"나름 실력자만 참가했을 텐데도……."
"어마어마하네요."
"그만큼 볼거리는 많겠지."

특히 예선전인 500명 데스 매치는 그야말로 장관이리라. 1 대 1도 재밌지만 다수의 유저가 뒤엉키며 서로를 살육하는 전쟁은 분명 모든 이의 시선을 사로잡을 것이 분명했다.

"설명은 이것으로 마치고……."

사회자의 목소리가 은은하게 퍼진다.

"지금부터 예선전을 시작하겠습니다!"

이미 유저들은 각자의 조와 숫자에 맞춰 줄을 서 있었다.

무혁은 B조 98번이었기에 b1그룹이었다. 앞에 있던 A조원들이 안내원을 따라서 구석에 세워진 건물로 들어섰다. 곧바로 무혁이 속한 b1그룹도 움직이기 시작했다.

"들어가시면 됩니다."

건물 내부로 들어서자 거대한 홀이 나타났다.

선이 그려진 곳에 자리를 잡았다.

"소환하기에 앞서 설명드리겠습니다. 잠시 후 이동을 마치면 당황하지 마시고 상대방을 찾아 제거하면 됩니다. 물론 그곳에는 죽거나 죽이더라도 실제로 죽지는 않으니 걱정하지 않으셔도 됩니다. 상처 역시 이곳으로 재소환될 경우 모두 사라지게 된다는 점, 참고하시길 바랍니다."

사내의 음성이 낮아졌다.

"질문 있습니까?"

"……."

"그럼, 이제 소환 의식을 시작하겠습니다."

이내 이해할 수 없는 주문을 외우기 시작했다. 곧이어 선이 그려진 내부에서 빛이 뿜어졌고 그것은 유저 모두를 한 번에 집어삼켰다.

눈을 뜬 무혁이 주변을 살폈다. 허름하고 좁은 방이었다.

시작이구나.

다른 유저들 역시 이곳으로 소환되었을 것이다. 어쩌면 이 방을 나서자마자 다른 유저를 만나게 될지도 모를 일이었다.

무혁은 미리 히드라 한 마리를 소환하여 스컬 스네이크를 불러내려다가 말았다.

흐음.

괜히 마주치는 유저에게 경각심을 심어줄 필요는 없었으니까. 전투가 시작된 이후 소환해도 늦지 않으리라.

그 정도 자신은 있었기 때문이다. 이내 걸음을 옮겨 문 앞으로 이동했다. 손잡이를 쥐고 당기자 특유의 삐걱거리는 소리가 울렸다. 생각보다 큰 소음에 살짝 미간을 찌푸리며 밖으로 나갔다.

광활한 평야가 보이고, 저 멀리 스산한 분위기의 숲이 시야를 사로잡았다.

그 순간.

휘릭.

바로 옆에서 무언가가 튀어나왔다. 예리한 검날이었다.

무혁은 반사적으로 몸을 비틀었다.

"흐읍!"

민첩이 낮았다면 이번 공격에 상당한 HP를 잃었을 것이 분명했다.

윈드 스텝.

빠르게 움직여 일단 거리를 벌린 후 방금 서 있던 자리를 확인했다. 그 주변에 두 명의 유저가 눈을 빛내며 무혁을 바라보고 있었다.

두 명이라.

처음 마주친 순간 서로가 그리 강하지 않음을 깨닫고 동맹을 맺었을 수도 있고, 혹은 애초부터 알고 있던 동료 사이일 수도 있으리라.

어떤 관계인지 알 길은 없었지만 분명한 것은 저 둘이서 팀을 이루고 있다는 사실이었다. 무혁은 아무런 준비도 없이 건물에서 나온 스스로의 자만심을 반성하며 스켈레톤을 소환했다.

"스켈레톤 아처 소환."

저들의 무기는 단검과 장검. 거리를 좁히기 전에 처리하는 편이 좋았다. 그렇다고 마법을 사용하면 너무 소란스러워질 우려가 있었다. 소리를 듣고 유저들이 모여들지도 모를 일이었기에 자제하기로 했다.

그렇다면 활이 제격, 검집에서 검을 뽑았다.

[공격력(5%)이 상승합니다.]

[10분 동안 유지됩니다.]

검집의 효과가 적용된 상태였다.

그 상태에서 변형 스킬로 활로 바꾼 후 화살을 걸었다.

아머아처, 파워샷. 활뻐, 연사. 아머아처, 연사.

무혁을 공격하려했던 유저 두 명의 표정이 굳어졌다.

"뭐, 뭐야? 네크로맨서?"

"일단 막아!"

나름 실력자일 것이 분명했지만 아머아처만 12마리였다. 그들이 쏘는 뼈 화살은 마치 비처럼 쏟아져 둘을 덮쳤다.

풍폭, 풍폭, 멀티샷. 풍폭, 강력한 활쏘기.

거기에 윈드 스텝까지. 무혁이 가세하니 그들로서는 할 수 있는 게 없었다.

파아앙!

방패로 막아도 대미지는 들어가는 법.

결국 낡은 건물 뒤로 숨고자 움직였지만 이미 무혁은 바람처럼 다가와 그들의 지척에서 검을 휘두르는 중이었다.

풍폭이 담긴 십자 베기로 한 명의 유저를 죽였다.

그야말로 속전속결.

"으, 자, 잠시만……!"

남은 유저가 손을 휘저었지만, 신경 쓸 필요는 없었다.

어차피 살려 달라거나, 혹은 동맹을 맺자는 뻔한 수작일 테니까.

풍폭, 검에 풍폭을 걸어 휘두른다.

콰앙!

폭발과 함께 유저가 뒤로 밀려났고 무혁은 빠르게 쫓아가 연이어 공격을 퍼부었다.

"동맹, 동맹을……!"

역시 무혁의 생각대로였다. 유저는 넘어지면서도 살기 위해서 발악하고 있었다.

그럼 애초에 공격을 하지 말든가.

무시한 채 마무리를 짓기로 했다.

윈드 스텝, 풍폭, 십자베기.

이번에는 무혁의 움직임에 반응조차 하지 못했다.

콰아앙!

그대로 절명하고 말았다. 고개를 들어 올린 무혁의 두 눈에 메시지가 들어왔다.

[현재 남은 유저 : 491명]

2명을 처리하는 동안 몇 명이 더 죽은 모양이었다.

그리 넓지는 않을 테니까.

전투를 마치고 검을 검집에 넣은 무혁은 낡은 건물의 옥상으로 올라가 주변을 살폈다. 처음에는 조금 방심했던 면도 있었고 자만하기도 했다.

바보 같기는. 무려 500명이 아니던가.

여기서 반드시 살아남을 수 있다고 안일하게 여겨버렸다.

그래서 소환수도 없이 돌아다녔고.

만약 그 두 명이 최상위 랭커였다면?

무혁은 갑작스러운 기습 공격을 피하지 못했을 것이고 어쩌면 목숨을 잃어버렸을지도 모른다.

허무하게 예선 탈락.

또다시 방금 전과 같은 일이 벌어지지 말란 법은 없었다. 게다가 이런 일이 다시 발생했을 때 이번처럼 운 좋게 다시 살아남으란 법도 없었고.

최대한 조심해야 한다. 그리고 경계해야 하고.

"히드라 소환."

히드라를 소환하여 스컬 스네이크를 불렀다. 혹시 몰라서 일부 녀석들에게는 혼란의 물약을 발라준 후 주변에 대기하도록 명령했다.

나머지는 탐색을 목적으로 주변으로 넓게 퍼뜨렸다.

스컬 스네이크의 시야를 공유하면서 주변 지형을 익혔고 또 곳곳에서 벌어지는 전투를 직접 확인할 수 있었다.

그런 무혁을 아주 작은 무언가가 허공에서 주시하고 있었다.

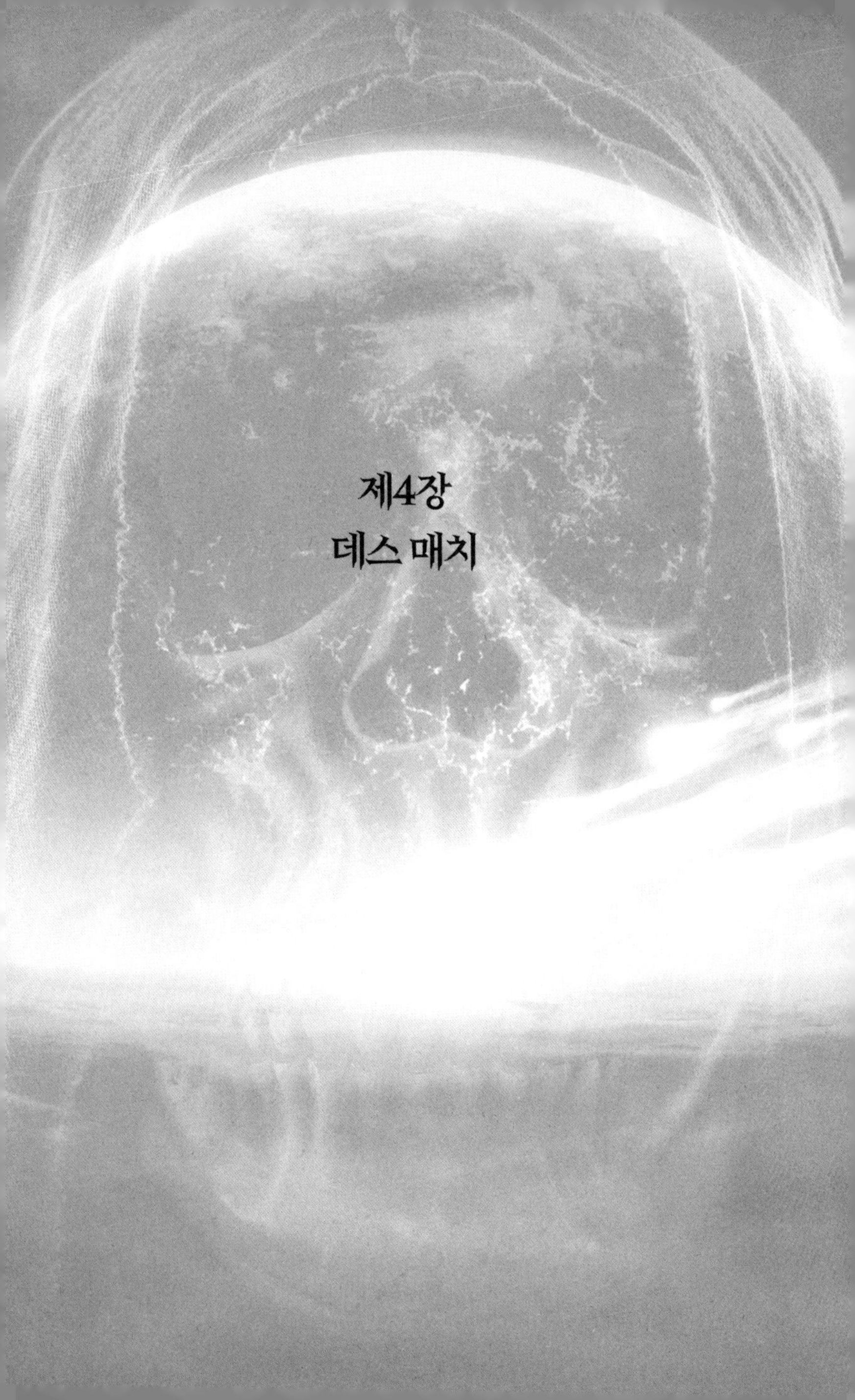

제4장
데스 매치

500명 데스 매치. 아주 자극적인 소재를 지닌 예선전은 당연하게도 생방송으로 진행 중이었다.

어른들은 회사에서 업무를 보면서 예선전을 힐끔거렸다. 학생들은 쉬는 시간에, 그도 아니라면 수업 시간에 선생님 몰래 보기도 했다. 그러다 점심시간이 되었고 하나같이 환호를 지르며 친한 친구의 곁으로 이동했다.

"야, 빨리 틀어봐!"

"알았어."

하나의 방송국이 몇 개의 조를 전담하는 식이었는데 그 탓에 채널을 돌릴 때마다 조가 달라서 보는 재미 역시 배가 되었다.

"크, 대박이다. 진짜."

예선전이 벌어지는 공간 자체에 촬영 모드를 넣은 상태라 유저들이 전투를 벌일 때마다 낱낱이 파악할 수 있었는데 거기서 오는 현실적인 영상이 흥분을 증가시켰다.

당연히 무혁의 장면도 촬영이 되었지만 아쉽게도 방송에 나가지는 못했다. 대부분의 방송사가 우승 후보로 꼽히는 몇 명의 유저만을 집중적으로 내보내고 있었기 때문이다.

"다크는 진짜 사기네?"

"성기사잖아."

"완전 혼자서 치유하고 날뛰고, 난리지."

"근데 멋있다."

"인정."

"다른 유저는 없나?"

"채널 좀 돌려봐."

"오케이."

"어, 이 사람도 랭커잖아."

"최상위지. 게다가 우승 후보고."

무투가 거스였다. 그의 전투는 활화산처럼 뜨거웠다. 보는 순간 시선이 빼앗길 정도로 압도적이었으며 또한 강력했다.

하지만 그런 만큼 빠르게 끝이 났다.

"우와, 죽인다. 또 다른 건 없나?"

몇 개의 채널을 옮기던 중에 손이 멈췄다.

"와, 여기 숫자 봐."

수십의 유저가 뒤엉킨 채 살육전을 벌이고 있었다.

"f1조네? 여긴 왜 이래?"

"미친 듯이 싸우는데?"

"이야, 이런 것도 완전 재밌는데? 난전이잖아, 난전."

"아아, 나도 일루전 하고 싶다!"

"나도!"

그 순간 화면이 조금씩 넓어졌다. 중앙은 여전히 살육전으로 치열했는데 갑자기 화면이 중앙이 아닌 구석을 클로즈업하기 시작한 것이다.

그곳에 숨은 한 명의 유저. 또 다른 곳에 숨은 유저.

살육전을 지켜보는 몇 명의 유저를 차례대로 보여줬다.

"어? 나 이 유저 알아."

"누구?"

"방금 그 유저."

"그러니까 누구냐고."

"그, 있잖아. 조폭 네크로맨서 무혁인가?"

"호오, 저 사람이 그 유저야?"

"아니, 그 유저랑 같이 다니는 사람!"

"아……!"

"기억나지?"

"아니."

"……."

기묘한 침묵이 흘렀다.

같은 시각. 지켜보는 이들의 입장과는 상관없이 성민우는 여전히 살육전을 숨어서 지켜봤다.

대체 왜 저러는 거야?

운이 없어도 더럽게 없었다. 하필이면 거의 비슷한 시기에 근처 유저들이 중앙 공터로 모습을 드러냈다. 모습을 드러낸 유저들 중에 전투에 미친 광인 한 명이 있었는데, 그 유저가 도발을 하기 시작했고 그 도발에 넘어간 몇 명의 유저가 서로를 공격했다.

문제는 그 범위가 조금씩 넓어졌다는 사실이다. 그 탓에 상황을 지켜보려던 이들에게까지 대미지가 미쳤는데 그 공격에 동료를 잃은 자들이 생겨났다. 그들이 주도적으로 나서면서 지금처럼 살육전이 펼쳐지게 된 것이다.

차라리 다른 곳으로 갈까?

그러면서 뒤를 확인했는데 어둠이 섬뜩하게 다가왔다.

으으, 불안해.

고개를 다시금 정면으로 했다. 자연스럽게 보이는 허공에 떠오른 글자.

[현재 남은 유저 : 372명]

정말 많은 유저가 죽었다. 지금도 죽어가고 있고.

아, 젠장.

성민우가 택할 건 세 가지였다.

지켜보는 것, 어둠이 도사리는 뒤쪽으로 피신하는 것, 그리고 난입하는 것.

한참을 고민하던 성민우는 일단 조금 더 지켜보기로 결정을 내렸다. 쉽게 찾을 수 있는 위치는 아니었으니 말이다.

그런데 시간이 지날수록 상황은 악화되어만 갔다. 소리를 듣고 나타난 새로운 유저들이 전투에 개입하면서 더 격렬해진 것이다. 일부 유저는 숨어 있는 자들을 굳이 찾아내어 공격을 가하기도 했다.

"크큭, 이거 봐. 얌체처럼 이렇게 꼭 숨어 있다니까."

"더러운 놈들."

"이게 데스 매치냐? 그냥 눈치 게임이구만."

"야, 야. 일단 이 새끼부터 조지자고!"

그들은 꽤나 집요했다.

으음.

성민우도 계속 자리를 지켰다가는 들킬 염려가 있었다.

지금 움직이면, 저들이 과연 기척을 놓칠까?

하아, 젠장.

그렇다고 그냥 있을 수도 없었다. 차라리 움직여서 몇 명의 유저만 유인하는 게 조금 더 현실적이었다. 게다가 뒤쪽은 어둠으로 가득했기에 쉽게 위치가 발각되지도 않으리라.

그런 생각을 하며 몸을 일으키는 성민우였다.

"어? 야, 저기!"

누군가가 성민우를 발견했다. 그는 뒤도 돌아보지 않은 채 어둠 속으로 숨어들었다.

"쫓아!"

성민우를 쫓는 유저는 세 명. 고개를 돌려 확인한 그가 희미하게 웃었다.

저 정도라면…….

충분히 상대해 줄 용의가 있었다.

그래, 잘 따라와라.

이미 어둠의 중심에 놓인 상태였기에 아무것도 보이지 않았다. 감각을 총동원하여 나무로 추측되는 것을 발견했다. 손을 위로 뻗어 가지를 잡고 올라갔다. 조금 기다리니 다가오는 유저의 기척이 느껴졌다.

"라이트."

쫓아온 세 사람 중 한 명이 라이트 마법을 사용하여 주변을 밝혔다. 그 모습에 성민우는 자기도 모르게 웃고 말았다.

바보들인가?

성민우조차 바보라 여길 정도로 한심한 짓이었다.

"뭐가 좀 보이냐?"

"흐음, 아직은."

라이트 마법으로 인해서 상대방의 위치를 완벽하게 파악할 수 있게 되었으니까.

정령 소환.

파이어를 제외한 나머지 정령 11마리를 소환한 후 사방으로 퍼뜨렸다.

"음?"

"왜 그래?"

"아니, 뭔가 움직이는 거 같아서."

"어디?"

그들을 정령을 발견하지 못했다. 라이트 마법을 사용했음에도 불구하고 어둠이 밀려나지 않은 까닭이었다.

"하, 이거 더 밝게 못 하냐? 뭐가 이렇게 어두워?"

"여기만 환하네, 진짜."

"이건 뭐 몇 걸음만 가도 아무것도 안 보이니."

그 덕분에 정령들의 움직임은 꽤나 자유로웠다.

좋아, 지금!

성민우가 공격을 명령했다. 정령들의 공격이 시작되었다.

콰아아앙!

갑작스러운 공격에 세 명의 유저가 몸을 웅크리며 방패를 내밀었다.

"크윽!"

"아, 미친. 어디야!"

어둠 속에서 이어지는 공격은 두려웠지만, 고함을 지르며 공포를 억누르려고 애썼다.

근근이 버티기를 몇 차례. 드디어 공격이 멈췄다.

성민우를 처리하기 위해 쫓아온 유저들은 동시에 사방으로 공격을 퍼부었다.

콰과광!

성민우는 나뭇가지 위에서 그 상황을 보며 희미하게 웃고 있었다.

정령 뒤로 후퇴.

그것만으로도 적들은 혼란에 빠졌다.

"왜 반응이 없어?"

"하, 돌겠네."

한참을 고민하던 그들이 움직이려는 순간.

스슥.

다시금 공격을 명령했다.

"이 새끼……!"

"어디 있냐고!"

당연히 대답할 성민우가 아니었다.

말려 죽여야지.

시간은 걸리겠지만 확실한 방법이었다.

"크읍……!"

결국 한 명의 유저가 사라졌다.

좋아.

나머지 두 명의 유저 역시 막바지에 이른 상태였다. 성민우는 그제야 정령을 앞으로 보내어 근접에서 전투를 치르도록 명령했다.

"으아아아아, 젠장!"

어렵지 않게 그들을 처리할 수 있었다.

"후우……"

긴 한숨과 함께 정령을 역소환하자 다시 어둠이 찾아왔다.

침묵보다 깊고 고요보다 넓은 적막감. 암흑, 그 자체.

괜히 불길한 생각이 떠오른다.

휙, 휙.

고개를 흔들어 잡념을 지웠다.

차라리 눈을 감아버려야지.

나뭇가지 위에서 인내했다. 지금은 승리를 위해 견뎌야 할 때였다.

문득 무혁이 떠올랐다.

뭐, 그 녀석이라면, 아주 잘 해내고 있으리라.

나만 떨어질 순 없지.

그러자 혼란스럽던 마음이 조금 가라앉았다.

스컬 스네이크를 통해 주변은 세심하게 파악할 수 있었다.

물론 거리가 먼 곳은 살펴보는 게 불가능했기 때문에 공간 전부를 살펴보진 못했다.

그렇다고 지금 당장 움직일 필요는 없었다. 조금 더 시간을 보내고 나서 이동해도 될 일이었다.

고개를 들어 인원을 확인했다.

[현재 남은 유저 : 461명]

숫자가 꽤 줄어든 상태였다.

생각보다 빠른데?

가만히 바라보고 있으니 461이 460으로 변했다.

천천히 줄어드는 숫자. 그렇게 우승 확률은 높아져 갔다.

음?

무혁의 미간이 살짝 찌푸려졌다. 뒤쪽에서 인기척이 느껴진 탓이었다.

고개를 돌려서 확인하고 싶지만 굳이 그러지는 않았다. 소환수로도 확인이 가능했기 때문이다.

스컬 스네이크, 왼쪽으로.

덩달아 그 기척의 주인이 유저라면 상대를 방심하게 만들 수 있는 기회도 된다. 무혁이 고개를 돌리지 않았으니 상대방은 분명히 스스로의 은밀함을 칭찬하며 조금씩 거리를 좁힐 테니 말이다.

스네이크가 무언가를 잡았다.

맞네.

기척의 주인은 예상대로 유저였다.

한 명이라.

보아하니 직업은 도적 계열이었다. 그렇다면 조금 더 거리를 좁혀야 공격을 시도할 가능성이 높았다. 스컬 스네이크의 시야로 그를 바라보며 가만히 기다렸다.

파밧.

충분히 거리를 좁혔다고 여긴 걸까. 지면을 강하게 찼다. 단검을 휘두르는 모양새가 참으로 어설프기 그지없었다.

내가 몬스터라고 생각하는 건가?

유저를 상대로 한다면 저렇게 어설퍼선 안 된다. 무혁은 헛웃음을 지으며 몸을 돌려 손에 들린 장검을 내뻗었다.

퓽폭.

단검보다 장검이 더 긴 것은 당연한 이치. 무혁의 검이 상대에게 먼저 닿아버렸다.

"크읍!"

폭발과 함께 뒤로 밀려난 상대방이 바닥을 굴렀다. 황급히 몸을 일으켰지만 이미 표정은 당황함으로 물든 상태였다.

"이, 이 새끼……!"

무혁은 말없이 칼을 활로 변형시켰다.

멀티샷.

다섯 대의 화살을 한 번에 날렸다. 각기 다른 궤도로 뻗어진 화살들은 그 유저에게 흡수되듯 빨려들어 갔다.

유저는 피하기 위해 몸을 비틀었고 그럼에도 어쩌지 못한 두 대의 화살은 방패로 막아냈다.

은신!

상황을 역전시키기 위해 은신을 사용한 후 달려들었으나 바닥에 찍히는 족적이 너무 선명하여 소용이 없었다.

이것, 참.

확실히 PVP 경험이 부족한 모양이었다.

퓽폭, 강력한 활쏘기를 사용하고 화살을 다른 방향으로 겨냥한 후 대기했다. 거리가 꽤 좁혀졌을 무렵. 몸을 틀어 유저가 다가오는 방향을 노리며 시위를 놓았다. 꽤 거리가 가까운 상태라 아마 피할 겨를이 없을 것이다.

콰아아앙!

무혁의 예상대로였다.

"어, 어떻게……?"

모습을 드러낸 유저는 의문이 가득한 표정이었지만 답을 들려줄 무혁이 아니었다. 다시 화살을 쏘아 보낼 뿐이었다.

딱히 스켈레톤을 소환할 정도도 아니었기에 서둘러 마무리를 지어버렸다.

상대 유저를 끝낸 무혁은 다시 낡은 건물 근처에서 휴식을 취했다.

얼마 지나지 않아서 두 명의 유저가 나타났다. 그들 역시 깔끔하게 처리한 후 다시 자리를 지켰다. 그런데 1분도 되지 않아서 세 명이 나타났다.

스켈레톤을 소환하여 그들을 처리하고 나니 이번에는 다섯 명이 등장했고.

이상한데.

시간이 지날수록 나타나는 빈도는 물론이고 유저의 숫자도 늘어나는 기분이었다. 게다가 나타나는 유저들이 좀 정상적이지 않은 것 같았다.

일단 움직여야겠어.

그곳을 떠나는 무혁이었다.

한편, 인형술사 아데온이 손가락을 까딱거리자 실이 살랑거렸다. 그 실과 연결된 인형의 눈알이 허공에서 너풀거린다. 무혁의 움직임을 따라 이동하던 눈알이 나뭇잎 뒤에 모습을 감췄다.

갑자기 고개를 돌린 무혁의 시선을 피하기 위함이었다.

"흐음."

고개를 갸웃거리는 무혁. 그를 보며 인형술사 아데온은 가슴을 쓸어내렸다.

예민하기는.

그가 최상위 랭커인 무혁임을 알고 있었다. 일부러 그에게 인형을 보내 움직이도록 유도한 것도 아데온이었으니까.

좋아, 다른 유저들은?

또 다른 눈알을 통해 파악하고 있는 유저들.

그들을 유인하여 무혁에게 보낼 계획이었다.

인형 환술.

전투 능력이 있는 인형은 기껏해야 일곱. 나머지는 환술을 통해 유저처럼 보이도록 만들 뿐이었다. 하지만 그것만으로도 충분히 유인은 가능했다.

아데온은 상처 입은 형상으로 보이도록 환술을 건 후 여러 마리의 인형을 사방으로 흩뿌렸다.

"음?"

상처 입은 인형을 본 유저의 반응은 대부분이 비슷했다.

"너 잘 걸렸다!"

비틀거리는 모습을 보고 방심하여 달려드는 것이다. 그럼 아데온은 절묘하게 인형을 컨트롤하여 그 유저가 계속해서 쫓아오도록 만들었다.

"으아, 더럽게 안 죽네!"

약이 오른 유저는 잘 포기하지 않는다.

좋아, 다 왔다.

무혁이 있는 곳까지 유인한 다음 인형을 역소환했다.

내 대신 처리 좀 해달라고.

눈알을 통해 상황을 주시하는 아데온이었다.

무혁은 스컬 스네이크를 통해 일어나는 상황을 바라보고 있었다.

분신인가?

처음에는 조금 생소했다. 분신인지 아닌지는 모르겠지만 아무튼 역소환이 가능한 무언가를 통해서 유저들을 이곳으로 데려오고 있었다.

"어, 뭐야?"

목표물을 잃은 유저는 휴식을 취하는 무혁을 노렸고 그 대가로 예선전 탈락을 맛봐야만 했다. 그와 같은 경험을 수차례 반복하면서 지금 장난을 치는 유저의 직업을 파악할 수 있게 되었다.

인형술사였군.

이곳으로 유인이 가능한 거리. 즉, 멀지 않은 곳에 숨어 있으리라고 판단을 내렸다.

자, 그럼 찾아볼까.

계속 이렇게 당하고 있을 순 없었으니까.

샤샥.

스컬 스네이크로 주변을 탐색했다.

저 녀석이군.

그러다 유저를 유인하는 인형을 발견했다. 인형을 지나쳐서 쭈욱 나아가도록 만들었다. 그 와중에 나타난 유저를 처리한 무혁은 다시 스컬 스네이크의 시선에 집중했다.

마침 인형이 또다시 유저를 데려오고 있었다.

이 방향으로 더 가면 되려나.

그렇게 몇 번을 반복했을까.

유저를 유인하는 인형이 아니라 유저를 찾아다니는 인형을 발견할 수 있었다. 그 인형을 지나쳐서 조금 더 나아간 후 자리를 지켰다. 저 멀리서 상처 입은 채 절뚝이는 인형이 나타났다. 그 인형을 지나쳐서 조금씩 거리를 좁혀 나갔다.

호오.

숲 속의 외진 곳, 손을 휘젓고 있는 유저를 발견했다.

저 녀석이군.

찾아내는 데 오랜 시간이 걸리지 않았다.

생각보다 더 가깝네.

"으차."

무혁이 몸을 일으켰다.

같은 시각. 무혁을 주시하던 인형술사 아데온이 순간 움찔거렸다. 그가 눈알이 숨어 있는 곳을 바라보며 미소를 지은 탓이었다.

착각이라 안도하는 순간, 갑자기 무혁이 지면을 밀어냈다.

엄청난 속도로 멀어지는 탓에 좇을 엄두도 나지 않았다. 뒤늦게 눈알을 지휘했지만 이미 그는 모습을 감춘 후였다.

이런, 미친!

다급히 사방에 퍼뜨린 인형들을 조종했다.

찾아야 해, 반드시.

문득 불안감이 스쳤다.

설마, 아니겠지?

혹시나 하는 마음에 주변을 샅샅이 뒤졌지만 스켈레톤은 보이지 않았다. 그럼에도 불구하고 자꾸만 그 미소가 불안감을 증폭시켰다.

머리를 흔들며 잡념을 지우려고 애쓰는 그때, 왼쪽 바닥에서 자란 풀들이 서로 부딪히며 아우성을 토했다. 고개를 돌려 확인했지만 휑한 바람만이 스칠 뿐, 보이는 건 없었다.

"후우."

가슴을 한 번 쓸어내리는 그 순간.

"그동안 재밌었겠네?"

등 뒤에서 서슬 퍼런 목소리가 들려왔다.

아데온은 돌아보지 못했다. 발끝에서부터 차고 오르는 오싹함이 몸을 순간적으로 굳게 한 것이다.

정신을 차리고 몸을 틀려고 했으나 목에 닿은 차가운 감촉에 또다시 움찔거리고 말았다. 아무래도 인형술사인 만큼 HP와 방어력이 낮아서 이런 단순한 공격 한 번에도 죽을 수 있었다. 죽지 않는다는 보장이 없는 이상 함부로 움직일 수 없는 게 현실이었다. 그래도 입은 살아 있는지 천천히 조심스럽게 말했다.

"어떻게 여길……?"

"그게 궁금해?"

"아니, 그게 아니고. 그래, 일단 대화를 좀 나누는 게 어떨지."

"무슨 대화?"

무혁이 흥미를 보였다. 아데온은 지금이 아니라면 살아남지 못한다는 생각에 적극적으로 어필하기 시작했다.

"그, 그쪽도 당해봤으니 알겠지만 내가 그래도 나름 도움이 될 수 있을 것 같지 않아? 이래 보여도 숨겨진 직업이고, 또……."

"숨겨진 직업?"

"으응."

"정확히 어떤 거지?"

"그걸 말하라고?"

"그래."

아데온은 고민하는 기색이 역력했다. 무혁은 가만히 기다렸다. 거짓을 말하면 단번에 죽여 버릴 심산이었다.

"이, 인형술사야."

"호오."

그래도 거짓을 말하지 않았기에 조금은 더 이야기를 들어보기로 했다.

"그래서 어떤 도움을 줄 수 있지?"

"일단 유저들끼리 서로 맞붙게 유도할 수도 있고. 또 위험할 때는 인형으로 바꿔치기도 가능하고, 외에도 여러 가지 상황을 연출할 수 있다고나 할까. 무, 무조건 도움이 될 테니까 한 번만 살려주는 게 어때……?"

한 조에서 4명은 살아남을 수 있다. 그렇다면 1명 정도 조력자를 만든다면? 생각보다 나쁘지 않을 것 같았다. 그래, 혹시 모르니까.

일루전의 흐름을 알고 변화를 알고 정보를 알지만 직접 참여하게 되었을 때의 결과는 알 수가 없다. 게다가 숨은 실력자 역시 없으란 법은 없었고.

실력자가 또 다른 실력자와 동맹을 맺어 무혁을 공격한다면 상황이 힘들어질 수도 있었다. 지금까지 무혁이 상대했던 그저 그런 유저와는 비교조차 되지 않을 정도로 강한 존재들이니까.

"나쁘지 않군."

"저, 정말?"

"하지만 만약……."

"배신은 꿈도 꾸지 않겠어!"

"뭐, 좋아."

일단은 눈앞에 있는 인형술사와 함께 행동하기로 했다.

"참, 내 이름은 아데온."

"무혁."

"알아. 근데 일본인?"

"한국이야."

"아아, 그렇군. 난 태국."

"안 물어봤는데?"

"하하, 그, 그냥 그렇다고. 기왕 같이 있기로 한 건데 이 정도는 알아야지."

꽤 말이 많은 타입인 것 같았다. 무시하고 고개를 들었다.

[현재 남은 유저 : 397명]

벌써 100명이 넘는 유저가 탈락했다.

"어……?"

무혁의 눈동자가 커졌다.

[현재 남은 유저 : 391명]

숫자가 빠르게 줄어들고 있었다.

[현재 남은 유저 : 382명]

잠깐 사이에 15명이 죽어버렸다.

"엥? 단체 싸움이라도 일어났나?"

옆에 있던 아데온 역시 놀란 표정이었다. 문제는 빠른 속도로 줄어들고 있는 숫자가 아직도 멈출 생각을 하지 않는다는 사실이었다.

370, 360, 어느새 350명까지.

뭐야……?

도대체 무슨 일이 벌어진 것인가.

콰아아앙!

갑자기 들려온 폭음에 절로 고개가 돌아갔다.

거리는 꽤 먼 것으로 추정되었다.

고민은 짧았다.

"저기로 간다."

"어? 왜?"

"상황은 파악해 둬야지."

"아니, 굳이 그럴 필요가 있나 싶은데……."

무혁이 아데온을 빤히 바라봤다.

"알았어, 알았다고."

별수 없이 수긍하며 무혁을 따라나서는 아데온이었다.

"근처까지만 갈 거야."

"그렇지? 난 또."

전투가 일어난 지점 근처에서 스컬 스네이크만 보내면 된다. 녀석들의 시야만으로도 상황은 파악할 수 있으니까.

윈드 스텝을 사용해 앞으로 나아가는데 문제는 아데온이었다.

"서두르라고."

"으으, 알겠어."

다시 지면을 차며 나아가던 무혁이 고개를 돌렸다.

아데온이 보이지 않았다.

"하아."

멈춰서 기다리려는데 정면에서 소리가 들려왔다.

"안 오고 뭐 해?"

"어?"

아데온이 무혁보다 더 앞에 있었다.

"흐흐, 내 스킬이지. 어때, 멋지지 않아?"

미리 자리를 잡고 있던 인형과 자리를 바꿔치는 스킬을 사용한 것이리라.

"그럼 더 빨리 간다."

"어……?"

무혁이 속도를 높였다.

파바바밧.

그에 아데온이 멍하니 뒷모습을 바라볼 뿐이었다.

"그냥 도망쳐 버려?"

그 순간 바닥에서 스컬 스네이크가 튀어 올라와 아데온의 목을 휘감았다. 지금 당장 여기서 죽여 버리겠다는 듯했다.

"가, 간다고……!"

그제야 눈앞에 있는 소환수를 본 기억이 났다.

으으, 젠장.

속으로 욕을 뱉으며 걸음을 재촉하는 아데온이었다.

위치 변경!

스킬의 쿨타임이 돌아올 때마다 인형들과 위치를 바꾼 덕분에 겨우 늦지 않게 목적지에 도달할 수 있었다.

"으으, 어떤 상황……."

"쉿."

무혁이 조용히 하라는 의미로 손을 들었다.

아, 더러워서.

아데온은 입을 다문 채 손가락 하나를 까딱거렸다.

그러자 실이 살랑거리면서 움직였고 그것과 연결된 눈알이 하늘을 날아다녔다. 중앙 광장에 도착한 눈알은 허공의 중심에서 아래를 내려다봤다.

PD는 몇 개의 조를 맡은 덕분에 꽤나 바쁘게 화면을 확인해야만 했다.

"거기, b2조 7구역 틀어."

"예!"

"볼륨 올리고. 화면 클로즈업."

하지만 흥미롭던 장면은 금세 사라지고 말았다.

"하, 젠장. a1조 틀어."

"알겠습니다!"

"곧바로 17구역으로 넘기고. 다시 5구역, 3구역."

어떻게든 시청자의 눈길을 사로잡을 장면을 찾아야 하는데 보통의 생방과는 달리 단 하나의 대본조차도 없다. 오직 유저들의 행동과 대화만으로 흥미를 끌어낼 스토리를 만들어야 하는데 그게 참 쉽지가 않았다.

젠장, 이것도 별로고.

작은 화면으로 볼 때는 분명 괜찮다 싶어서 스토리를 만들려고 하면 꼭 엇나가곤 했다.

어쩌지?

입술을 깨물며 화면에 집중했다.

제발, 하나만 나와라, 하나만.

그 순간이었다.

"어……?"

"감독님?"

"거기, b1조 틀어봐."

"b1조요?"

"그래, 어서!"

"아, 네."

b1조에서 시선을 끄는 세 개의 화면. 하나는 중앙으로 나아가는 허름한 차림의 유저였고 또 하나는 어딘가에 숨어 인형

을 조종하는 유저였다. 마지막 하나는 건물 앞에서 기이한 생김새의 스켈레톤 한 마리와 함께 휴식을 취하고 있는 무혁의 모습이었다.

최상의 유저. 조폭 네크로맨서.

"7번 화면."

7번 화면에 메인으로 올라갔다. 무혁이 허공을 주시하는 모습이었는데 감독이 다급히 작은 화면들을 훑었다.

엄청난 집중력으로 캐치를 해낸 감독이 주먹을 쥐었다. 바닥을 기어 다니는 그것들을 발견한 것이다.

"8번, 11번, 12번, 16번 이어서."

"예!"

그러자 스컬 스네이크가 화면에 차례대로 등장했다.

"다음 15번."

이번에는 인형술사를 잡았다. 그가 조종하는 인형은 하나같이 상태가 심각했다. 재밌게도 그 인형들이 유저들을 유인했는데 그곳이 하필이라면 무혁이 있는 위치였다.

좋아, 이건 이야기가 되겠어.

하지만 그 두 사람만 화면에 담을 순 없었다.

"5번으로."

"예."

5번 화면에 가득 담긴 사내. 갑옷도, 투구도 착용하지 않았다. 신발도 장갑도 없었다. 그 흔한 액세서리조차도.

휘이잉.

미약한 바람에도 흩날릴 정도의 가벼운 옷차림. 거기에 어떤 무기도 지니지 않은 그는 어느새 중앙에 홀로 위치해 주변을 훑고 있었다.

곳곳에 숨어 있던 유저들이 흥미를 보이며 조금씩 다가왔는데 그들을 바라보던 사내가 눈을 빛내며 다가갔다.

"뭐야?"

"백랑."

"허, 병신이냐? 이름을 물은 게 아니잖아!"

백랑은 대답 대신 가볍게 주먹을 휘둘렀다.

퍼억.

그 한 방에 상대 유저가 사라졌다. 죽어버린 것이다.

"더 강한 놈은 없나?"

백랑의 도발에 일부 유저가 응했다.

퍽, 퍼억.

이번에도 너무나 쉽게 백랑이 이겼다.

"더 강한 놈은?"

"이 새끼가……!"

몇 명의 유저가 동시에 달려들었다. 백랑은 가볍게 공격을 피해냈고 이어지는 스킬도 어렵지 않게 막아냈다. 이후 접근하여 어깨로 명치를 가격하고 손바닥으로 복부를 밀었다. 그러자 강한 바람과 함께 유저가 밀려났고 그는 한동안 비틀거리더니 욕을 내뱉으면서 희미하게 사라졌다.

나머지 유저들 역시 가벼운 손짓으로 처리한 후 다시 오연

한 표정으로 주변을 훑는 백랑이었다.

"더 없나?"

그 화면을 보고 있던 감독은 진정 흥미롭다는 표정이었다.

"저거 물건인데?"

"와, 근데 대단하네요. 전부 한두 방이라니."

"숨은 실력자인 거지."

"계속 보낼까요?"

"아니, 4번, 6번 이어서 틀어."

"예!"

"다시 5번."

4번과 6번 화면으로 백랑을 바라보는 유저의 표정을 잡았다. 이후 다시 5번으로 그 시선을 한 몸에 받고 있음에도 아랑곳없이 꿋꿋한 백랑을 보여줬다.

마치 권좌에 앉은 절대자의 모습 같았다.

이것만으로도 시청자들의 흥미를 자아내리라.

"7번으로."

이후 무혁과 인형술사를 보여주고.

"5번."

다시 백랑을 보여줬다.

둘 다 놓칠 수 없는 재미가 있었기 때문이다. 몇 번 반복하는 사이에 백랑을 상대하는 유저들의 수가 늘어만 갔다.

무혁과 인형술사의 상황 역시 재미있게 흘러갔다. 무혁이 인형술사의 위치를 파악하여 거리를 좁히기 시작한 것이다.

하지만 역시 지금은 백랑의 화면이 더욱 압도적이었다.

어느새 수십에게 둘러싸여 버린 그. 그럼에도 불구하고 여전히 여유로운 표정이었다.

콰아앙!

한 가지 달라진 게 있다면 본격적으로 스킬을 사용하기 시작했다는 점이랄까.

게다가 이번에는 일곱의 유저가 동시에 달려들었는데 수가 부담이 되는 것인지 백랑의 자세가 지금까지와는 조금 달라졌다.

무릎을 굽히고 한손을 옆구리에 둔 채였는데 마치 거대한 한 방을 준비하는 모습이었다.

감독은 무언가 터질 것이라는 강력한 직감이 일어났다.

"공격 이후 클로즈업하고 15번으로 넘겨."

"예!"

예상대로 거대한 폭발이 일어났다.

쾅, 콰과과과광!

전체를 보여주고 백랑, 이후 공격을 받은 유저의 처참함을 보여줬다. 곧바로 15번으로 넘겼고 절묘한 타이밍에 고개를 돌리는 무혁을 화면에 담을 수 있었다.

얼굴은 보이지 않았지만 눈빛만은 영롱했다.

"클로즈업!"

무혁의 얼굴이 가까워지면서 작지만 여러 개의 숨구멍이 눈에 들어왔다.

그 사이로 언뜻 보이는 코와 입술. 전체적인 윤곽이 자연스레 상상되는 그 순간 폭발이 일어난 곳으로 달리기 시작했다.

"좋았어."

감독의 입가로 미소가 그려졌다.

이건 스토리가 돼.

이미 충분히 재밌었다.

인형술사와 무혁의 보이지 않는 싸움, 그 이후 잠깐의 동맹. 과연 이 동맹이 유지될 것인지 혹은 끊어질 것인지에 대한 호기심. 게다가 중앙 공터에서 벌어지고 있는 기이한 싸움에 관심을 보이는 무혁.

그야말로 최고겠지.

무혁과 백랑이 서로 맞붙기만 한다면 말이다.

각자의 무기를 꺼낸 수십의 유저가 백랑을 노리고 있었으나 위협의 중심에 놓인 당사자는 도리어 편안한 표정이었고 그를 압박하는 수십의 유저들은 반대로 두려움과 공포에 몸을 떨고 있었다.

마치 토끼가 호랑이 한 마리를 포위한 형국이랄까. 말이 안 되지만 지금 유저들의 모습이 바로 그것과 같았다.

"역시, 재미없구나."

백랑이 중얼거리며 한 걸음을 내디뎠다.

그의 기세가 덮쳐 온다. 태산보다도 더욱 무거운 기세가.

"흡……!"

정면에 있던 유저가 놀라며 뒤로 물러났다. 그제야 주변 참상이 눈에 들어왔다. 유저야 죽으면서 사라졌기에 문제가 없다지만 그 흔적은 고스란히 남아 있었다.

마치 폭탄이라도 떨어진 것만 같은 거대한 구멍. 지진이라도 난 것만 같은 갈라짐. 부서진 바위의 잔해와 죽어버린 풀들. 조각난 나무기둥까지. 처참함, 그 자체였다.

"자, 잠깐만!"

백랑은 반응하지 않았다. 빠르게 움직여 눈앞에 있는 유저를 공격할 뿐이었다.

"젠장!"

주변에 있던 유저들 중에 일부가 도망쳤다. 백랑은 한 명을 처리한 후 도망치는 이들부터 쫓기 시작했다. 엄청난 움직임으로 그들 전원을 결국 죽여 버리고야 말았다. 그러고는 다시 중앙으로 돌아와 남은 이들을 쳐다봤다.

[현재 남은 유저 : 231명]

압도적이었다.

"쯧, 괜히 참가했나."

남은 유저도 마저 끝을 내야 할까.

귀찮아.

굳이 그럴 필요도 없었다. 손을 쓸 가치조차 없는 자들이었으니까.

결정을 내리고 몸을 트는데 시야에 무언가가 잡혔다. 귀신처럼 움직인 그가 죽은 듯이 있는 그것을 들어 올렸다.

"이건……?"

스컬 스네이크였다.

무혁의 미간이 찌푸려졌다.

저 사람은……!

랭킹으로만 본다면 그리 대단할 게 없는 유저다.

3만 8200등. 물론 이것도 대단한 순위긴 하지만 무혁에 비해서 모자란 건 사실이었다. 그러나 분명한 것은 레벨만으로는 측정할 수 없는 강함을 지닌 사내라는 점이다.

어린 시절부터 중국의 무도계에서 인정받아 30년이 넘도록 스스로의 단련에 인생을 바친 자였으니까. 재밌는 것은 일루전에서 그가 얻은 직업이 '무인'이라는 사실이었다. 숨겨진 직업이었는데 무인은 신체를 극으로 단련할 수 있는 반면 아이템을 사용할 수 없는 단점이 있었다. 그럼에도 그는 망설임 없이 무인을 받아들였고 지금에 이르렀다.

두려울 정도의 실력자.

백랑하고 같은 조였다니…….

한번 붙어보고 싶은 마음이 컸다. 정말 유명했고 또 영상을 수십 개나 보며 감탄했을 정도로 강했으니까.

그러나 현재는 다르지 않은가.

지금은 백랑과 붙어도 이길 자신이 있었다. 무엇보다도 저 기세가 무혁의 승부욕을 자극시키고 있었다.

저럿할 정도야.

하지만 쉽게 움직일 수 없었다. 백랑과 붙으면 반드시 피해를 입을 것이고 그 상태에서 다른 유저들이 공격을 가해 온다면 버티지 못할 수도 있었기 때문이다.

지금 중요한 건 예선전 통과였다.

아쉽지만…….

무혁은 훗날을 기약하기로 했다.

"일단 물러나자고."

"다행이군."

아데온은 안도하며 이미 저 멀리 나아가고 있는 무혁을 쫓아갔다.

계획을 세우면 언제나 장애물이 등장한다.

"하아."

그런데 이번 장애물은 생각보다 더 컸다.

어쩌다 이렇게 된 걸까.

"호오, 그가 있었나?"

언뜻 소문을 듣기는 했다. 조폭 네크로맨서. 무수한 스켈레톤을 소환하여 부리는 것은 물론이고 그 스스로의 실력도 최상위 랭커에 못지않다는 이야기를 말이다.

또 다른 소문도 있었다. 다크, 그가 주시하고 있다는.

재밌겠군.

한 번 다크와 붙어본 적이 있는데 확실히 그는 강했다. 중간에 일이 생겨 승부를 내지는 못했지만 다크는 그가 인정하고 있는 소수의 유저 중에 한 명이었다.

그런 그가 주시하고 있다면 당연히 특별함이 있을 터. 실력자가 한 명도 보이지 않아 안타까웠는데 다행스럽게도 한 명은 나타나줄 모양이었다.

물론, 붙어봐야 알겠지.

백랑은 눈을 감고 주변 기척을 느끼려고 애썼다.

스킬, 기척 감지. 반경 200미터 내에 존재하는 모든 생명체의 기척을 수배로 뻥튀기시켜 그 위치를 짐작할 수 있게 해주는 기술이었다. 그 기척을 일일이 파악한 직후, 백랑의 몸에서 아지랑이가 피어오르기 시작했다.

그가 한 발을 가볍게 들어 올린 후 지면을 눌렀다.

쿠우웅!

가벼운 행동이었지만 결과는 결코 가볍지 않았다.

"허업! 뭐, 뭐야!"

"HP가……!"

"미친, 도망쳐!"

기세가 존재하던 곳의 바닥에서 치솟은 기운이 유저들을 집어삼킨 것이다. 단숨에 수십 명의 유저가 죽어버렸다. 일부 유저는 백랑의 공격을 피해 달아났다. 백랑은 달아난 이들에게 연달아서 두 번의 공격을 가했는데 그 탓에 남은 이 대부분이 죽고 단 두 명만이 살아남게 되었다.

백랑은 먼저 왼쪽으로 피한 유저를 쫓아갔다.

엄청난 속도였다. 도망친 유저를 따라잡은 후 물었다.

"당신이 무혁인가?"

"그, 그런 거 몰라!"

무혁이 아닌 모양이었다. 백랑은 그를 처리한 후 오른쪽으로 도망친 유저를 쫓아갔다.

"그쪽이 무혁인가?"

"무슨 헛소리야! 꺼지라고!"

날아오는 검을 피한 후 복부에 손바닥을 가져다 대었다.

투웅.

미약한 진동과 함께 유저가 고꾸라졌다. 백랑은 무심히 지나쳤고 그 순간 쓰러진 유저가 연기로 화하며 사라졌다.

"흐음."

아쉬운 표정이 가득한 그였다.

거리가 부족했던 모양이군.

하지만 이 공간 어딘가에 있으리란 건 분명한 사실이었다.

찾아주지.

그때부터 시작된 것이다, 백랑의 학살극이.

백랑에 관한 이야기가 꽤나 퍼졌다.

-그 유저, 백랑이라고 하던데…….

-처음 듣네요.

-워낙 숨은 실력자가 많으니까요. 솔직히 그 정도면 완전 괴물이던데요? 수십? 아니, 혼자서 수백도 상대할 것 같던데…….

-중국인이래요. 어릴 적부터 무술을 익힌 천재라는데요?

-아, 역시 대륙.

-엄청나네요.

물론 단순히 강하기만 해서 주목을 받은 건 아니었다.

-전 그것보다 이야기가 완전 재밌던데요?

-이야기요?

-네, 무혁이 그 인형술사랑 만나서 동맹 맺고. 갑작스러운 폭음에 놀라서 향하니 거기에 백랑이 있더라. 그래서 숨어서 지켜보는데 스컬 스네이크의 존재를 백랑에게 들켜 버린 거죠. 백랑은 무혁이 지켜보고 있단 걸 파악한 후 역으로 탐색했지만 실패. 그래서 지금 사방을 돌아다니면서 보이는 유저마다 무혁이냐고 물으면서 학살하는 중이잖아요.

-아아, 그렇죠.

-스토리가 완전 꿀잼이에요.

-인정.

-백랑이랑 무혁이라…….

-누가 이길까요?

-아무래도 백랑이 이기지 않을까요? 유저들 학살하는 거 보니까 범위 기술도 많은 거 같고 게다가 움직임 자체가 일반인이랑은 다르잖아요. 확실히 무인의 느낌이랄까.

-그래도 무혁도 그냥 네크로맨서가 아니니까요. 그 업적도 엄청난 걸요? 탑 콘텐츠를 처음으로 오픈했고 보물 던전 콘텐츠도 처음으로 오픈했죠. 솔직히 최상위 랭커보다 몇 걸음 더 앞서나갔다고 보는데요. 거기서 얻은 이득이 얼마나 될지 상상이 안 되네요. 게다가 스켈레톤 보셨나요? 숫자도 많은데 절반 이상이 평범한 스켈레톤은 아니더라고요.

-이건 그냥 둘이 붙어봐야 알겠네요.

-그냥 생방 봅니다!

-지금 b1조 남은 유저가 50명이에요.

-곧 만나겠네요.

-아닐 수도 있죠. 4명 남으면 그냥 끝날 테니까…….

-아, 그러게.

-어떻게 되려나.

-한 번 시원하게 붙어주면 좋겠는데.

-동감.

무혁과 백랑의 이야기는 아주 흥미진진했고 덕분에 시청자들의 시선을 사로잡았다. b1조를 맡은 방송국 KBK는 갑작스레 오르는 시청률 폭탄에 함박웃음을 지었다.

그 이야기를 전해 들은 감독 역시 미소를 그렸지만 이내 정색하며 다시 화면에 집중했다.

아직 끝난 게 아니야.

백랑은 여전히 움직이고 있었다.

"남은 유저 보여주고."

"예!"

현재 32명이 남은 상태였다. 대부분을 백랑이 죽였음에도 불구하고 아직 그는 조금도 지친 기색이 없었다. 이젠 그의 실력이 어느 정도인지 감도 잡히지 않았다.

"31번 비추고."

무혁과 인형술사가 나왔다.

"29번."

29번엔 백랑이 있었다.

"다시 31번 가서 무혁 클로즈업 하고. 29번 가서 백랑 클로즈업."

하늘에서 바라본 장면도 넣어줬다. 둘 사이의 거리감을 확실하게 보여주기 위함이었다. 조금씩 좁혀지는 모습까지도.

"자, 어떻게 되려나."

감독조차 흥미롭게 지켜보고 있었다.

그렇게 5분 정도가 흘렀을 무렵.

"32번!"

"예!"

드디어 백랑과 무혁이 만났다.

현재까지 살아남은 인원은 49명.
이제 45명만 죽으면 예선전이 끝나는 상황에서 백랑과 마주쳐 버린 무혁이었다. 물론 백랑이 쫓아온다는 사실은 스컬 스네이크를 통해 파악하고 있었다. 그렇기에 몇 번이고 방향을 틀면서 속였지만 그럼에도 이렇게 붙잡히고 만 것이다.
무인이기 때문일까. 이목을 속이는 게 쉽지가 않았다.
“그쪽이 무혁인가?”
“그래.”
“찾았군, 드디어. 꽤 힘들었어.”
“왜 찾은 건데?”
“싸우려고.”
“나하고?”
“그래.”
“왜?”
“강한 녀석과 붙으려고 참가한 거니까.”
“본선에 오르면 내가 아니더라도 강한 녀석들은 많아.”
“상관없다. 여기서 내가 너에게 질 일은 없을 테니까.”
백랑의 말에 무혁의 미간이 꿈틀거렸다.
“그럼, 내가 진다는 건가?”
“그건 모르지. 하지만 내가 질 일은 없다.”
질 일이 없다는 건 이긴다는 소리가 아닌가.
백랑의 자신감이 무혁을 자극했다.

무시를 당한 건가?

기분이 썩 좋지는 않았다.

"하아."

어쩌다 이렇게 된 걸까.

백랑과 마주하고 있는 무혁은 짜증과 기대감이라는 두 가지의 상반된 감정을 느끼며 검을 뽑아 들었다.

[공격력(5%)이 상승합니다.]

[10분 동안 유지됩니다.]

더 이상 피할 이유도 없었다.

"그래, 그럼 붙어보자고."

피하고 싶지도 않다. 이기면 된다. 실력으로 증명하리라.

"소환."

사방에서 뿌연 먼지가 치솟았다.

키릭, 키리릭?

정확히 84마리의 스켈레톤이 등장한 것이다. 군대로 따져도 중대에 해당하는 규모였다. 그 어마어마한 숫자를 무혁 홀로 지휘하기 시작했다.

각종 화살과 마법이 백랑에게 쏘아졌고 폭발로 인한 먼지가 가라앉기 전에 검뼈와 아머나이트, 기마병과 아머기마병이 거리를 좁히며 백랑을 포위했다.

가속 찌르기. 강한 일격.

아머나이트와 아머기마병이 손에든 무기를 휘둘렀다. 들려오는 둔중한 소리를 귀에 담으며 검을 활로 변형했다.

시위에 화살을 걸고. 퓽퓩, 강력한 활쏘기.

먼지가 가라앉고 백랑의 위치가 시야에 들어올 때까지 가만히 기다렸다.

피해를 꽤 입었겠지.

박차를 가해 끝내 버릴 생각이었다.

그 순간이었다.

"하아아압!"

기합성과 함께 후폭풍이 거칠게 밀려났다.

백랑의 모습이 두 눈을 가득 채웠다.

피할 곳은 없었다.

대단하군.

화살과 마법이 한곳에만 집중되어 있었다면 피하기 쉬웠으리라. 하지만 화살들은 마치 비처럼 일정한 공간 자체를 노리고 있었고 마법 역시 마찬가지였다.

피할 수 있는 공간까지 생각하여 공격한 것일 테지.

아무리 빠르게 움직여봤자 입는 대미지는 결국 비슷할 것이었다.

그렇다면 차라리 제대로 막아내는 게 이로웠다.

[내공을 전신으로 퍼뜨립니다.]

[충격을 지면으로 보내어 최소화시킵니다.]

[일시적으로 물리 방어력과 마법 방어력이 상승합니다.]

공격들이 전신을 두드렸다.

쾅, 콰과과광!

타격으로 인해 몸이 움찔거리며 떨렸다. HP도 꽤나 줄어들고 있었다. 뒤이어 다가온 스켈레톤들의 검과 창, 도끼와 대검 등에 실린 힘도 무시할 수 없었다. HP가 30퍼센트까지 줄어들었을 때 백랑의 미간이 찌푸려졌다.

극대화.

또 다른 스킬을 사용한 것이다.

[HP의 회복 속도가 5배 증가합니다.]

[모든 스탯(15퍼센트)이 상승합니다.]

공격을 감당할 수준이 되었다.

겨우 이 정도인가.

그럼 큰 문제없이 제압할 수 있으리라.

소문이란 본래 과장되는 법.

아쉬움을 느끼며 기합을 터뜨렸다.

"하아아압!"

주변을 휘감던 공격을 모두 날려 버렸다.

스켈레톤 사이로 무혁이 보였다.

파아앙!

쏘아진 화살을 바라보며 자세를 취했다. 화살은 너무 빨라 눈에 보이지 않을 정도였지만 스스로의 감각은 막을 수 있다고 말하고 있었다. 손을 가볍게 휘두를 즈음 코앞까지 다가온 화살의 몸체가 손바닥에서 느껴졌다. 그대로 밀어내자 화살의 방향이 바뀌며 얼굴의 왼쪽을 스치며 지나갔다.

퍼엉!

괴물 같은 감각이었지만 풍폭의 힘까지 막아내진 못했다.

[480의 추가 대미지를 입습니다.]

대미지도 꽤나 강했다.

"호오."

꽤 놀란 듯 탄성을 뱉는 백랑이었다. 정작 놀란 사람은 화살이 막힌 무혁이었지만, 아니, 백랑을 제외한 전부였으리라.

KBK를 시청하던 이들은 하나같이 입을 떡하니 벌렸다.

"저게 무슨……."

"말이 돼?"

"화살을 손으로 친 거야?"

"허, 미쳤네."

하지만 과연 당사자인 무혁보다 놀랐을까.

그렇게 노력했는데. 남들보다 몇 걸음은 더 앞서서 아이템을 얻고 칭호를 얻었다. 게다가 본인 스스로가 생각해도 말이 안 될 정도로 많은 두개골을 얻어 진화를 시켰다. 그럼에도 솟구치는 이 불쾌함의 정체는 무엇이란 말인가.

까득.

어금니가 절로 갈렸다.

멍청하긴.

마음에 여유가 있었던 모양이다.

잘못 생각했어.

전투 이후 혹시라도 지쳐 버린 상황에서 누군가가 노릴 경우도 대비를 해야만 했다. 그렇기에 전력을 다하려는 마음을 애써 억누르고 있었다. 그것이 명백한 실수였음을 이번 한 수로 확실하게 깨달았다.

단 하나의 남김도 없이 모든 것을 사용하리라. 그래야만 이겨낼 수 있을 테니까.

결단을 내리는 순간 무혁의 눈매가 차갑게 가라앉았다. 백랑이 왼쪽으로 이동해 아머나이트5의 품으로 파고든 후 어깨를 밀어냈다.

콰아앙!

아머나이트5가 뒤로 튕겨 나가며 그 뒤에 위치한 아머나이트6과 부딪혔다. 얼마나 공격이 강했던지 두 마리의 아머나이트가 바닥을 구르며 밀려났다.

다행히 바로 옆에 있던 다른 아머나이트가 빈 공간을 메우며 다시 공격을 이어 나갔다. 화살과 검들이 비처럼 쏟아졌지만 정작 백랑에게 피해를 입히는 공격은 거의 없었다. 움직임은 간결하며 군더더기가 없었고 부드러워서 마치 물과 같았다. 아무리 자르고 갈라내어도 어찌할 수 없는 물.

"흐읍!"

그 와중에 가끔 선보여지는 백랑의 공격은 섬뜩했다.

퍼석.

또다시 허무하게 스켈레톤을 잃었다.

안 되겠어.

무혁은 방법을 바꾸기로 했다.

기파로 간다.

일부러 스켈레톤 한 마리를 죽도록 유인한 후 그 틈을 메우지 않았다. 그러자 백랑이 서둘러 움직였다. 아직 비어 있는 틈을 이용해 포위망을 벗어난 그가 순간 흠칫했다.

정면에 위치한 한 마리의 기이한 스켈레톤을 포착한 탓이었다. 하지만 이미 상황은 진행된 상태였다. 백랑이 눈치채기 전에 기파를 사용한 것이다.

키아아아악!

아무것도 보이지 않았다. 피할 겨를도 없었다.

흐읍……!

적중당하는 순간 세상이 뒤흔들렸다.

쓰러지기 직전.

쿠웅.

백랑의 다리가 지면을 한 번 강하게 찼는데 거기서 시작된 진동이 주변 스켈레톤을 모두 휩쓸었다. 동시에 백랑이 허리를 꼿꼿하게 세웠다. 기파로 인한 피해를 이미 해소한 것으로 보였다.

“재밌군.”

입가에 미소를 그리며 다시 발을 굴렀다.

쿠웅.

곧바로 기합을 터뜨렸다.

“……!”

백랑을 중심으로 하여 사방으로 공기가 폭풍처럼 휘몰아쳤다. 뻗어 나간 힘이 스켈레톤을 뒤로 밀어버렸다. 밀려난 자리의 지면이 갈라지더니 폭발했다. 잔해들이 스켈레톤을 타격했다. 연계 공격이었던 것이다.

이런……!

그 피해가 생각보다 컸다. 일단 기본적으로 검뼈는 대부분 죽었다고 봐도 과언이 아닐 정도였다. 진화를 마친 스켈레톤들도 위험한 상황이었다.

그때 백랑이 다시 자세를 취했다.

주먹을 내뻗기 직전.

후우웅.

메이지들의 마법이 발현되었다.

흐음.

잠시 고민한 백랑이 방향을 틀었다. 지금의 공격을 스켈레톤이 아니라 마법의 상쇄를 위해 사용하기로 한 것이다. 하늘을 가득 채운 무수한 마법이 백랑에게 떨어졌고 백랑은 그것들을 바라보며 주먹을 내뻗었다.

"하아압!"

주먹에서 뿜어진 기운과 마법들이 부딪쳤다.

콰아아앙!

하늘에서 폭발이 일어나면서 바람이 아래로 내리꽂혔다.

먼지가 솟구치며 시야를 가린 순간 몇 마리의 스컬 스네이크가 백랑에게 접근했다.

파밧.

스컬 스네이크의 기척을 무혁이 움직이면서 지워 버렸다.

백랑은 무혁에게 집중했고.

휘릭.

휘둘러지는 검에 맞춰 방향을 튼 후 주먹을 내뻗었다.

"흡!"

"크윽!"

검과 주먹이 부딪치면서 생긴 충격이 둘을 밀어버렸다. 무혁이 조금 더 밀려난 상황이었지만 둘의 표정은 그 결과와는 사뭇 달랐다.

[3초간 신체 지배력을 잃습니다.]

백랑은 놀랐고 무혁은 웃었다.

뒤이어 백랑의 신체가 멋대로 움직이기 시작했다. 카리스마 넘치고 위압감을 풍기던 그가 기이한 춤을 추기 시작한 것이다.

흐른 시간은 이제 겨우 1초. 무혁이 지척으로 다가왔다.

풍폭, 십자베기. 검격이 백랑에게 치명적인 상처를 입혔다.

2초란 시간이 지났다. 아머아처, 파워샷.

날아온 뼈 화살이 백랑의 신체에 꽂혔을 때 3초가 되었다.

조금 부족했나?

아쉽게도 백랑은 쓰러지지 않았다. 지배력을 회복한 그가 전력을 다해 주먹을 휘둘렀다.

"흐아아압!"

강한 기운이 날아들었다.

팡, 파앙!

몸을 날려도 피할 수 없을 정도로 범위가 넓었다. 무혁은 방패를 꺼낸 후 최대한 몸을 낮추면서 충격에 대비했다. 스켈레톤들 역시 방패로 스스로를 보호하도록 명령했다. 강력한 폭풍이 휘몰아치면서 무언가가 방패를 끝없이 두드렸다.

[98의 피해를 …….]

HP가 빠른 속도로 줄어든다.

도대체 언제까지……!

500의 HP가 줄어들었을 무렵 더 이상 참을 수 없었던 무혁이 방패를 든 채로 앞으로 돌진했다. 살짝 방패를 내려 시야를 확보한 후 백랑의 위치를 파악, 그곳으로 달려들었다.

여전히 주먹을 휘두르고 있던 백랑이 다가오는 무혁을 보며 눈을 빛냈다. 그때 무혁이 손을 뻗었다.

보랏빛 기운이 번쩍한 것이 전부였다.

[1,850의 마법 대미지를 입습니다.]

단순한 손짓 한 번에 입은 피해가 엄청났다. HP의 20퍼센트에 해당하는 어마어마한 수치였다. 신체 지배력을 잃었을 때 70퍼센트가 넘는 피해를 입었으니 총 90퍼센트. 하지만 빠르게 차오르는 HP를 감안하여 현재 남은 HP는 대략 23퍼센트 수준이었다.

아직은 괜찮아.

마법에 대한 정보까지 알아낼 수 있었다.

백랑은 무혁에 대한 경계심을 한층 높였다.

설마 이것까지 사용할 줄이야.

비장의 한 수. 이 기술이라면 역전시키고도 남으리라.

기술을 터뜨리려는 순간.

"……!"

무혁의 모습이 사라졌다.

어디?

주변을 둘러봤지만 보이지 않았다.

한편 묘한 불길함을 느낀 무혁은 서둘러 은신을 사용했다. 다행히 어떤 행동을 하려던 백랑이 움직임을 멈췄다.

어떻게 해야 할까.

방금 전 죽은 자의 축복으로 인해 HP를 꽤 줄이긴 했다.

아직 부족해. 뭔가 더 큰 게 필요했다.

강력한 활쏘기? 고개를 저었다.

아마도 화살을 흘려보내리라.

남은 건…….

아직 시도하지 않은 접근전.

그래, 누가 이기나 해보자.

먼저 사전 준비가 필요했다.

무혁은 최대한 기척을 죽인 상태로 돌아다니며 스켈레톤에게 풍폭을 걸었다. MP가 부족하면 포션을 마셨고 최대한 시간을 끌어서 자연스럽게 치오르는 MP를 활용하기도 했다. 그 와중에도 스켈레톤과 백랑의 전투는 이어지고 있었다.

쾅, 콰과과광!

빠른 속도로 스켈레톤이 역소환되고 있었다. 풍폭을 건 스켈레톤은 앞으로 보내어 조금이라도 피해를 입히려고 애썼다. 한 번 당했던 기억 때문인지 백랑은 좀체 품을 내어주지 않았다.

더 이상은 안 되겠어.

스켈레톤에게 풍폭을 거는 것을 멈춘 무혁이 검의 손잡이를 강하게 쥐었다.

간다.

윈드 스텝을 사용했다.

파밧.

아머나이트에게 둘러싸인 백랑의 등 뒤로 접근한 것이다.

풍폭, 십자베기!

검이 휘둘러지면서 은신이 풀렸다.

"흐읍!"

제대로 대미지가 들어갔다. 연이어 검을 내뻗었지만 어느새 몸을 튼 백랑의 주먹과 부딪혔다.

미친!

반응 속도가 어마어마했다.

무혁은 옆으로 이동하여 아머나이트3의 뒤로 숨었다. 반대편에 위치한 아머나이트 몇 마리가 강한 일격을 사용했지만 백랑은 가볍게 피하며 무혁이 숨은 곳으로 달려왔다.

무서울 정도의 속도.

아머나이트3이 단번에 나가떨어졌고 그 틈으로 백랑이 지척으로 접근해 왔다. 이미 준비를 하고 있던 무혁이 검을 찔러 넣었지만 교묘하게 피하며 품으로 들어온 백랑이 어깨로 무혁의 가슴을 가볍게 쳤다.

투웅.

무혁은 순간 몸이 허공으로 떠오른다는 느낌을 받았다. 뒤이어 백랑의 손바닥에 복부로 다가왔다. 서둘러 정신을 차렸지만 이미 늦었다.

피할 곳이 없었다.

타악.

결국 복부를 내어주고 말았다. 충격이 쏟아졌다.

[이질적인 기운이 신체를 헤집습니다.]

[1,400의 피해를 입습니다.]

[30초간 1초당 32의 HP가 줄어듭니다.]

[이동속도와 공격 속도가 10퍼센트 하락합니다.]

[반응 속도가 1퍼센트 하락합니다.]

[2초간 경직 상태에 빠집니다.]

떠오른 메시지에 어안이 벙벙했다.

이게, 뭐야?

말도 안 되는 기술이었다.

무엇보다도 2초 경직. 이 긴 시간을 어찌 버티란 말인가.

무혁은 서둘러 아머나이트 전원을 불러들였다. 하지만 너무 느렸다. 이미 백랑은 주먹을 휘두르기 시작했다.

퍼억.

한 번의 공격에 정신이 아득해졌다. 고통은 없었다. 하지만 줄어드는 HP에 소름이 돋을 지경이었다.

또다시 한 방.

[900의 피해를 입습니다.]

연이어 스킬을 사용하는 듯한 자세. 이어진 공격.

콰아앙!

폭발과 함께 무혁의 신체가 하늘을 날았다.

파바밧.

곧바로 달려든 백랑이 같이 점프했다. 그런 백랑을 향해 다가오는 무수한 뼈 화살. 어느새 아래쪽에 자리 잡고 있는 수많은 아머나이트까지.

공격이 실패하면 위험하다. 하지만 실패할 일은 없어 보였다. 여기서 끝낸다.

주먹을 연달아 휘둘렀다. 강력한 기운이 뿜어졌다.

후우우웅.

그 기운이 무혁을 휩쓸었다.

콰과과과광!

폭발로 인해 시야가 가려졌다.

무혁의 눈이 빛났다. 늦지 않게 도착한 아머나이트3이 시야에 보였다. 녀석이 지닌 피를 머금은 드레이크의 장검. 거기에 내재되어 있는 피해 흡수 스킬을 사용하도록 지시했다.

아머나이트3, 피해 흡수!

새하얀 막이 무혁을 휘감았다.

[5초 동안 5천의 피해를 흡수할 수 있습니다.]

동시에 백랑의 공격이 막에 닿았다.

[2,490의 피해를 흡수…….]

정말 아슬아슬했다.
좋아.
경직이 풀리고 착지를 마친 무혁은 검을 활로 바꾼 후 시위에 화살을 걸었다.
이미 백랑은 스켈레톤들에게 포위된 상태. 하지만 무혁이 죽었으리라 여기고 방심하고 있으리라. 무려 5천에 달하는 대미지를 안겼는데 과연 누가 그러지 않겠는가.
지금이 기회야. 풍폭, 강력한 활쏘기!
정말로 끝내야 한다. 백랑이 절대로 눈치채지 못하도록. 지금 이 후폭풍이 사라지기 전에.

공격이 제대로 들어갔다.
끝난 건가?
꽤 재밌었지만 결국 네크로맨서일 뿐이었던 것이다.
실망이야.
주변을 살폈다. 스켈레톤들이 포진되어 있었지만 전혀 두렵지 않았다. 고개만 갸웃거리고 있는 스켈레톤을 경계할 사람은 없을 테니까.
혹시라도 무혁이 살아남았다고 하더라도 스켈레톤을 지휘

할 여력이 없음을 보여주고 있었기에 크게 걱정하진 않았다.

키릭, 키릭?

그때 앞에 있던 스켈레톤 한 마리가 움직였다. 그 탓에 시야가 가려졌다.

흐음?

백랑이 미간을 찌푸리며 왼쪽으로 이동하려는 순간 시야를 가리던 스켈레톤이 한 걸음을 더 나아갔다. 시야가 확보되는 것과 동시에 바람을 꿰뚫는 무언가가 미간에 꽂혔다.

푸욱.

한 대의 화살이었다.

하필이면 크리티컬.

HP가 허무하게 날아갔다. 남은 HP는 5퍼센트가량.

흐읍!

서둘러 정신을 차리고 몸을 뒤로 빼려고 했지만 겹겹이 포위하고 있는 스켈레톤을 단번에 뚫는 건 쉽지 않았다.

"흐아아아압!"

뒤늦게 비장의 한 수를 사용하는 백랑이었다.

쿠, 쿠구구구궁!

강력한 기운이 마치 태산처럼 아래로 떨어지며 모든 것들을 짓눌렀다. 주변에 있던 스켈레톤 수십 마리가 단번에 폭사되었다.

키리릭?

남아 있는 스켈레톤은 HP가 충분했던 아머나이트 다섯이 전부였다. 이번 공격으로 무혁 역시 상당한 대미지를 입었는지 제대로 몸을 가누지 못하고 있었다.

어떻게 살아남았는지는 모르겠지만! 이제 정말로 끝이다.

백랑은 생각하며 주먹을 쥐었다.

스윽 말아 쥔 주먹을 내뻗기 직전, 한 손을 앞으로 내민 무혁의 모습이 시야에 들어왔다. 가슴 한쪽이 간질거리면서 불안감이 솟구쳤다.

"아……?"

뒤늦게 보랏빛 기운을 감지했다.

그, 마법……!

피해야 하는데 그럴 수가 없다는 게 문제였다.

주먹을 내뻗을 시간조차 없었으니까.

[1,850의 마법 피해를 입습니다.]

남은 HP를 충분히 앗아갈 마법이 백랑을 휘감았다.

"이런……."

그 말과 함께 백랑이 사라졌다. 무혁의 승리였다.

백랑이 마지막 기술을 사용했을 때.

콰과과광!

치솟은 먼지와 함께 시야가 가려졌다.

"야, 숫자는?"

"아직."

몇 초가 더 흘렀을 즈음.

[남은 유저의 수 : 17명]

18이었던 숫자가 17로 줄어들었다.

"끝난 거 같은데?"

"다른 유저일 수도 있으니, 잠깐만."

먼지가 가라앉고 상황이 보였다. 스켈레톤 한 마리도 없었고 상처로 얼룩진 무혁만이 보였다.

"백랑이, 진 거야?"

"허어, 그러게."

"난 백랑이 이길 줄 알았는데."

"방금 그 공격도 백랑이 한 거 아니었어?"

"맞을걸?"

"어떻게 된 거지?"

"뭐, 자세한 건 모르겠고. 아무튼, 가서 처리하자고."

"진짜 괜찮은 거겠지?"

"딱 보면 모르냐? 지쳐서 쓰러지기 직전이잖아. 무혁만 없애면 우리가 검색어에 오를 수 있다니까? 일단 유명해져야 돈도 벌 거 아냐."

"후우, 그래, 가자, 가."

세 명의 유저가 몸을 일으켰다.

"신속하게."

"알았다고."

두 명의 사내, 그린과 대추가 무혁을 향해 돌진했고 한 명은 마법을 준비했다. 그럼에도 무혁은 움직일 생각이 없는 모양이었다. 한눈에 봐도 힘을 소진한 모습이었다.

좋았어.

둘은 서로를 마주 보며 웃었다.

"간다!"

마침 뒤에서 마법이 날아들었다.

콰아앙!

먼지 속으로 달려들어 검을 거칠게 휘둘렀다.

손맛이 제대로 올라왔다.

"야, 먼지부터!"

"알았어!"

먼지가 가라앉사 상황이 드러났다. 무혁이 한쪽 무릎을 꿇은 채 헐떡거리고 있었다.

"크, 크하하하하!"

"그만 웃고 어서 끝내자."

"아아, 그래. 그러자고. 크큭."

검을 휘둘러 마무리를 지었다.

서걱.

무혁이 사라지기 전 숫자는 17이었고 사라진 이후의 숫자는 16이었다.

"됐어, 됐다고!"

"이, 이제 우리 유명해지는 거지?"

"그렇다니까!"

기쁨을 충분히 만끽한 두 명의 유저, 그린과 대추가 뒤쪽에 있는 마법사에게 다가갔다.

"자, 우린 이제 4명 남을 때까지 숨어 있자고."

마법사는 대답이 없었다. 고개만 끄덕거릴 뿐.

"멍하기는. 어서 가자!"

꽤나 이동했을 즈음 숲이 나타났다.

"오, 저기 좋은데?"

"괜찮겠네."

숲으로 들어가니 시야가 어두워졌다.

"숨어 있기에는 딱이야."

"어, 저기가 좋겠다."

그때 앞으로 나아가던 그린이 돌연 걸음을 멈췄다.

"근데 말이야."

고개를 돌리더니 뒤쪽 마법사를 주시한다.

"넌 왜 아까부터 말이 없냐?"

"……."

"좀 이상한데?"

그린이 다가가는 순간 마법사가 갑자기 손을 내뻗었다.

후와악!

마법이 발사된 것이다.

콰앙!

공격에 적중당한 그린이 비틀거렸다.
"이 새끼가!"
"뭐, 뭐 하는 거야?"
"어쭈, 그래. 여기서 우리 둘을 죽이겠다?"
"왜, 왜 이래?"
"야, 저 새끼 마법 쓴 거 보면 모르겠어? 우리 죽이고 쉽게 본선에 오르겠다는 거잖아!"
그때 마법사가 또 마법을 사용했다. 충격이 꽤 컸다.
"아, 진짜!"
결국 검을 뽑아 든 그린이 마법사에게 다가갔다. 둘이서 치열한 접전을 벌였다. 하지만 역시 마법사라 그런지 근접전은 취약이었다.
"후우, 별것도 없는 게."
마법사를 죽인 후 숫자를 확인했다.

[남은 유저의 수 : 11명]

정말로 몇 명 남지 않았다.
"야, 처리했다."
"……."
"우리 둘이서라도 버티자."
대답은 들려오지 않았다.
"넌 왜 말이 없어? 하, 내 행동이 맘에 안 들어서 그래? 어쩔 수 없잖아. 저 새끼가 먼저 공격했다고. 아, 진짜."

그 순간 가만히 있던 대추가 움직였다.

카가강!

검으로 그린을 공격한 것이다.

"넌 또 왜 이래!"

이들 셋은 현실에서의 친구는 아니었다. 일루전에서 파티를 구하다 만나게 되어 말을 트게 된 사이였고 어쩌다 보니 함께 대회에 참여해 같은 조에 들어왔을 뿐이었다.

"시발, 그래. 어차피 이럴 생각이었구만."

언제라도 배신할 수 있는 사이.

"좋다고!"

그렇기에 그린 역시 양심의 가책 없이 전력을 다해 대추를 공격했다.

카가가강!

대추를 쓰러뜨린 그린이 희미하게 미소를 지었다. 이제 정말로 끝났다고 여긴 순간 미간에 화살 한 대가 꽂혔다.

퍼엉.

폭음과 함께 머리가 터져 버렸다.

아데온은 무혁과 백랑의 싸움을 지켜만 봤다.

미친놈들.

저런 말도 안 되는 수준의 전투에 끼어들 생각은 조금도 없었다. 백랑이 이기기라도 하면 끼어들었다는 이유만으로 죽을

지도 모른다. 일단은 목숨이 가장 중요했기에 모습을 감춘 후 전투를 두 눈에 담았다.

"허어."

감탄사만 터져 나왔다.

괴물들이야, 괴물.

그때 아데온의 고개가 휙 하고 돌아갔다.

저 새끼들은 뭐야?

갑자기 나타난 세 명의 유저도 몸을 숨긴 것이다.

흐음.

일단은 관심을 끄고 다시 고개를 돌렸다.

쾅, 콰아아앙!

괴물들의 싸움이 끝났다. 마지막 승자가 눈에 들어왔다.

이, 이겼어.

허공에 띄워놓은 눈알로 상황을 파악할 수 있었다.

환영진.

곧바로 환영 마법을 걸었다. 환영진을 건 이상 숨어서 지켜보는 세 명의 유저들은 내부 상황을 파악할 수 없으리라.

아데온은 인형을 환영진 내부에 소환한 후 바꿔치기 스킬을 사용했다.

갑자기 나타난 아데온을 보며 놀란 무혁.

"뭐야?"

"알려줘야 할 게 있어서."

"알려줘야 할 거?"

"어, 누가 숨어서 지켜보고 있어."

무혁의 미간이 찌푸려졌다. MP도 HP도 바닥난 상태. 눈앞에 있는 아데온도 막아낼 자신이 없었다.

"몇 명인데?"

"세 명."

다행스럽게도 아데온은 공격할 의사가 없어 보였다.

그래도 상황은 좋지 않았다.

"내가 처리할 테니까 숨으라고."

"네가?"

"그래, 나도 실력을 보여줘야지."

믿을 수 있으려나.

아데온을 신뢰할 수 없다는 부분이 마음에 걸렸지만 일단은 지켜보기로 했다.

내가 나서봤자 당하기만 하겠지.

"그러자고."

이후 다섯 마리의 스켈레톤을 역소환시켰다.

"난 좀 쉰다."

무혁은 서둘러 전투 지역을 벗어난 후 근처 바위 뒤쪽에 모습을 감췄다. 아데온도 다시 바꿔치기를 사용하여 숨어 있던 곳으로 돌아가 인형을 역소환한 후 환영진을 해제했다.

파바밧.

마침 세 명의 유저가 등장했다. 두 명의 유저는 근접이었고 한 명은 마법사였다. 마법사가 마법 공격을 사용할 때 아데온은 도적 계열 전투 능력이 있는 인형을 소환했다.

단검에 환각의 독을 바른 후 마법사에게 몰래 접근시켰다. 기척을 알아차리지 못한 마법사는 단숨에 제압되었다. 이후 같은 계열의 마법 능력이 있는 인형에게 환술을 걸어 그 유저와 똑같이 만들었다.

무혁으로 가장하고 있던 인형의 목이 떨어지는 순간 제압한 마법사 유저를 죽여서 하늘에 떠 있는 숫자가 줄어들도록 만들었다. 저들은 당연히 무혁이 죽으면서 숫자가 줄어든 거라 착각하리라.

이후 도적 계열 인형을 역소환시켰고 두 명의 유저는 환술이 걸린 마법사 인형을 동료로 여기며 말을 건넸다.

"자, 우린 이제 4명 남을 때까지 숨어 있자고."

아데온은 마법사 인형을 조작했다.

위, 아래로.

고개를 끄덕이는 것처럼 만든 것이다.

"오, 저기 좋은데?"

숲으로 진입할 때까지 잘 위장하던 인형을 갑자기 한 명의 유저가 의심하기 시작했다. 애초에 계획하던 것을 조금 변경하여 실시했다. 성격이 급한 한 명의 유저가 마법사 인형과 전투를 벌일 때 도적 계열 전투 능력을 지닌 인형으로 뒤쪽에서 구경하는 유저를 제압했다.

근접이었기에 단번에 제압하는 건 불가능했다. 하지만 환각의 독이 있었기에 그리 어렵지는 않았다. 곧바로 장검을 쓰는 인형을 소환하여 제압한 유저와 똑같이 만들었다.

"후우, 별것도 없는 게."

다혈질의 유저가 마법사 인형을 죽일 때 제압한 유저도 죽였다. 마찬가지로 숫자를 맞추기 위함이었다.

이후 방심한 틈을 타서 인형에게 공격을 명령했고 적지 않은 피해를 입힐 수 있었다.

"넌 또 왜 이래!"

몇 번의 공방을 주고받으며 HP를 꽤 줄였을 즈음 인형이 파괴되었다. 지친 기색을 보이는 마지막 유저. 아데온이 그를 처리하기 위해 움직이려는 순간 무혁이 나섰다.

풍폭. 강력한 활쏘기. 화살은 그의 미간에 꽂혔다.

퍼엉.

폭발이 일어나며 상황이 종료되었다. 세 명의 유저를 완벽하게 농락한 인형술사 아데온의 저력이었다.

무혁과 아데온이 숲에서 나왔다.

"어때? 괜찮지?"

"꽤나."

"흐흐, 역시!"

확실히 아데온의 직업은 상당한 효용성이 있었다. 방금 전에도 인형을 이용하여 세 명의 유저를 농락하지 않았던가.

상당히 괜찮아.

본선이 어떤 방식인지 정해지지 않았으니 굳이 적대할 필요는 없었다.

아직 신뢰까진 아니지만 당장 배신할 것 같지는 않았다.

“아직 예선전이 끝난 건 아니야.”

“안다고.”

현재까지 살아남은 이는 다섯. 한 명만 더 죽으면 된다.

HP, MP도 회복이 되었기에 아데온이 부담되지 않았다.

“기다리면 되겠지?”

“어.”

한참을 움직이던 무혁의 미간이 갑자기 찌푸려졌다.

“여긴…….”

어쩌다 보니 백랑과 전투를 했던 지역까지 온 것이다.

전투의 흔적들이 고스란히 남아 있었다.

백랑. 숨은 실력자들 중에 한 명이었던 그.

씁쓸한 미소가 그려졌다.

“하아.”

정보를 토대로 압도적인 아이템을 얻었고 남들과 비교를 거부하는 칭호까지 획득했지만, 승부는 아슬아슬했다.

이겼지만 이겼다는 기분이 전혀 들지 않았다.

그게 재능이란 건가.

확실히 그의 움직임은 달랐다. 물처럼 잡히지 않았다.

부르탄의 기파, 스컬 스네이크를 통한 물약의 사용, 은신으로 기척을 감춘 후 기습, 방심을 이용한 일격, 죽은 자의 축복과 타겟팅 스킬…….

허무하달까.

백랑은 어떠했던가. 군더더기 없는 동작으로 모든 동작을 가볍게 피했고 강한 공격으로 스켈레톤 무리를 헤집었다. 게다가 단둘이서 정면에서 마주친 그 짧은 순간, 너무나 쉽게 공격을 허용하기도 했다.

움직임 자체가 달랐어.

그건 인정해야 할 부분이었다.

평생을 수련을 해왔을 테니.

하지만……. 세계 각지에 분포한 무술이 몇 가지인가. 경지에 오른 달인은 또 몇 명일 것이고. 백랑과 비슷한 수준의 실력자를 만난다면 그땐 어찌해야 하는 걸까.

답은 나오지 않았다.

문제는 또 있었다. 부르탄과 스컬 스네이크의 존재가 알려졌으리라. 무혁의 전투 방법과 스켈레톤의 수준이 어느 정도인지도 퍼져 나갔을 것이고.

앞으로의 강자는 상대하기가 더 어려워진 것이다.

다음에는 어떻게 이기지?

의문이 꼬리를 물며 머리를 헤집었다.

나도 검도라도 배워야 하나. 아니면 무술? 그럼 레벨을 올릴 시간이 턱없이 줄어드는데?

답은 쉽게 나오지 않았다.

후우웅.

바람과 함께 새하얀 빛이 무혁과 아데온을 휘감았다.

"음?"

하늘을 보니 이해할 수 있었다.

[남은 유저의 수 : 4명]

예선전이 끝난 것이다.

숨어 있는 것도 한계가 있었다. 숲 내부에 있던 몬스터가 자꾸만 성민우를 밖으로 밀어낸 탓이었다. 결국 정체를 들키면서 어느새 전투의 중심에 휩쓸리게 되었다. 어차피 유저 대부분이 성민우와 비슷한 처지였다.

동료 없이 홀로 갇혀 버린 기분이리라.

그래, 나만 그런 게 아니라고.

그렇게 생각하면 딱히 불리할 건 없었다.

"좋다, 이거야!"

"갈 데까지 가 보자고!"

"시바!"

욕을 내뱉으며 주변의 유저를 마구잡이로 공격했다. 그러다 밀린다 싶으면 뒤로 물러나서 상황을 파악했다. 알고 보니 두 명의 유저가 협동해서 성민우를 공격하고 있었다.

"비겁하게……!"

그렇다고 멍청하게 두 명에게 달려들진 않았다. 일단은 자리를 피해 다른 유저와 뒤엉키기 시작한 것이다. 그러자 성민우를 노리던 둘은 새로운 전투에 끼어들기가 애매해졌는지 서로를 쳐다봤다.

"쳇, 네 차례다!"

동맹을 깨뜨리며 공격을 퍼붓는 그들이었다. 그 모습을 확인한 성민우가 싸우던 유저에게서 도망쳤다.

크큭, 당해봐라!

전투에 집중하는 두 명의 유저를 몰래 공격했다.

"크억!"

"이 새끼가……!"

그러한 난전이었다.

[남은 유저의 수 : 41명]

덕분에 유저가 빠르게 줄어들었다. 어느새 30명, 순식간에 20명까지 떨어졌다. 물론 전투에 집중한 성민우는 그 사실을 알지 못했다. 조금씩 여유를 찾게 되면서 뒤늦게 깨달았다.

"어……?"

유저들이 열 명도 채 남지 않은 것이었다. 7명이었다.

벌써?

서둘러 현재 상태를 점검했다. MP는 절반이 넘게 남았다.

정령을 소환하지 않은 덕분이었다.

"흐흐."

정령을 소환하면 괜히 이목이 집중될까 봐 자제하고 있었지만, 지금이라면 그럴 필요가 없을 것 같았다.

3명만 끝내면 돼.

마침 한 명이 죽어버렸다.

이제 두 명.

그때 갑자기 두 명의 유저가 성민우를 노리며 달려들었다.

"흐읍!"

마지막 두 명에 속할 재물로 성민우가 지목된 것이었다.

이대론 안 끝나지!

지금껏 아껴뒀던 정령을 소환했다.

"소환!"

정령들이 모습을 드러내면서 상황이 역전되었다. 성민우가 몰아붙이던 두 명을 오히려 압도하게 된 것이다.

"아, 안 돼……!"

"안 되긴!"

성민우의 주먹이 유저의 머리통을 부서뜨렸다.

[남은 유저의 수 : 4명]

결국 마지막 네 명에 속하게 된 성민우였다.

화아아악.

갑작스럽게 뿜어진 빛이 성민우를 휘감았다. 그 탓에 앞이 보이지 않았다.

으음.

몸이 가라앉는 느낌과 함께 시야가 돌아왔다.

"어?"

눈앞으로 많은 유저가 보였다.

"왔냐?"

무혁도 있었다.

"뭐야, 여긴?"

"통과한 사람들만 오는 장소인 거 같은데."

"오오! 그래?"

"아무튼 무사히 통과했네."

"당연하잖아."

성민우가 스스로의 가슴을 주먹으로 두드렸다. 뿌듯한 표정을 숨기지 못하는 무혁이 피식 웃어버리고 말았다.

그래, 지금은 예선전 통과에 기뻐하자.

강자들과의 싸움?

이겨야만 한다는 압박감은 지워 버리기로 했다.

꼭 이겨야 할 필요는 없으니까.

물론 지겠다는 이야기는 아니다.

그저, 최선을 다할 뿐.

그들은 그들의 방식대로. 난 나만의 방식대로.

결론이 내려지니 마음이 편해졌다.

"다음은 뭘까."

"흐흐, 난 뭐라도 자신 있다고!"

"그래?"

"그럼, 얼마나 치열한 예선을 거쳐 왔는지 넌 모를 거다."

"꽤 힘들었나 보네."

"미치는 줄 알았지."

"방송사에서 영상 내놓으면 구매해서 본다?"

"내 활약 보고 놀라지나 말라고."

수다를 떠는 와중에도 예선전을 통과한 유저들이 새하얀 빛과 함께 모습을 드러냈다. 이번에 나타난 이들을 바라보던 유저들의 입이 꾸욱 다물어졌다.

성민우와 대화를 나누던 무혁도 이상한 분위기를 감지하고선 고개를 돌렸다. 백색의 갑옷을 입은 다크가 보였다.

"여, 이제 왔냐?"

동료인 킬리만자로가 유저들 사이에서 빠져나왔다.

"먼저 와 있었네."

"금방 끝냈지."

"난 조금 피곤하다. 쉬자."

"어, 그래."

유저들의 시선에도 아무렇지도 않은 모양이었다.

성민우가 다가와선 낮게 속삭였다.

"엄청 부담되겠다."

"신경도 안 쓰는 거 같은데?"

"익숙해서 그런가? 으으, 나도 유명해지고 싶다."

"유명해지면 되지."

"이번 대회에 입상해서?"

"그래."

"좋아, 해보자고!"

시간이 흐르면서 예선전을 통과한 이들이 속속들이 도착했다. 눈에 익은 이들이 연달아서 보였다.

아스라한. 무혁은 그를 보는 순간 시선을 피해버렸다.

물론 무혁을 발견한 아스라한은 그냥 지나치지 않았다. 옆으로 와서는 뜨겁게 타오르는 시선으로 무혁을 쳐다봤다.

"통과했군."

"……."

"본선에서 기다리겠다."

그가 멀어지고.

"역시, 맛이 간 게 분명해."

성민우는 옆에서 배꼽을 잡으며 웃었다.

"푸하하하. 완전 제대로 걸렸구만."

"하아, 돌겠다."

"크큭, 뭐 어때. 재밌는데."

"재밌으면 네가 저 녀석하고 놀든가."

"그 권유, 거절하겠네."

"저 녀석 말투 따라하는 거냐?"

"날 그렇게 판단하지 말게."

무혁이 성민우의 복부를 때렸다.

어차피 통증은 없다. 그저 화풀이용일 뿐.

"오호라, 나와 겨뤄보겠다는 것인가!"

"이 자식이……!"

"푸하핫, 알았어, 그만할게."

"에휴."

한 번 더 공격할까 싶은 그때, 다음 통과자가 나타났다.

이번엔 루돌프였다.

"호오."

"쳇."

아스라한이 나타났을 때와는 반대의 상황이 연출되었다. 무혁은 루돌프를 보면서 웃었고 루돌프는 무혁의 시선을 애써 피하며 구석으로 이동한 것이다.

그러고는 아스라한과 함께 투덜거리며 시간을 보냈다.

"아는 사람이 꽤 나오네."

"뭐, 안다고 하기에도 뭐한 사이긴 하지만."

그러는 와중에도 시간은 흘러갔다. 우승 후보로 꼽히는 몇 명의 유저도 볼 수 있었다.

"어후, 덩치가……."

"저 사람이 무투가 거스야."

"한 대 맞음 골로 가겠다."

"저기도 있네, 최상위 랭커 아레스."

“크으.”

감탄하면서 주변을 훑었다.

거의 다 온 거 같은데.

이제 사회자가 나올 시간이 된 것 같았다.

후우웅.

예상과는 달리 또 다른 예선전 통과자가 등장했다.

아직도 남았나? 아마도 마지막이리라.

나타난 이들을 확인하던 무혁의 눈이 순간 커졌다.

“어……?”

분홍색 망토를 걸친 여성 유저 때문이었다.

“우와, 대박……!”

“흐읍.”

감탄해 마지않을 정도로 아름다운 외모를 보고 놀란 것은 아니었다. 안면이 있어 나름 반가웠던 탓이다. 무혁은 투구를 벗었다. 그러자 두리번거리던 예린의 눈이 무혁의 얼굴에서 멈췄다. 이내 초롱초롱해지더니 입가에 미소를 그렸다.

“무혁 님?”

그녀도 무혁을 알아본 것이다.

“오랜만이네요.”

“와, 정말요!”

“예린 님이 참가할 줄은 몰랐네요.”

“저도 나름 랭커라구요. 저는 무혁 님이 참가한 것도 알고 있었는데……”

예린이 나름 새침한 표정을 지었다. 그 모습마저 예뻤다. 옆에 있던 성민우가 넋을 놓을 정도로.

"어, 어이."

"음?"

"이, 이분은 도대체 누구시냐? 아니, 네가 어떻게 이런 분을 알고 있는 거야!"

"아, 전에 같이 퀘스트했었지."

무혁이 웃으며 예린을 쳐다봤다.

"제 친구예요. 닉네임은 강철주먹이고요."

"반가워요, 강철주먹 님."

"바, 반갑습니다! 엄청 아름다우십니다!"

예린의 얼굴이 살짝 붉어졌다.

"고마워요."

"어이, 처음 뵙는 분한테 그게 무슨……."

"어, 어어? 그냥 너무 예뻐서."

"일단 여기 앉으세요."

"아, 그럴까요?"

예린이 웃으며 무혁의 옆에 앉았다.

"직업이 마법사였죠?"

"맞아요."

"순위권이 목표겠네요."

예린이 고개를 저었다.

"그런 건 아니구요. 그냥 재밌잖아요, 이런 경험."

쑥스러워하는 그 미소에 다들 침묵했다.

이거, 참.

얼굴도 무기가 될 수 있음을 새삼 깨달았다.

저벅.

그때 누군가가 다가오는 발걸음 소리가 들려왔다.

드디어 사회자가 나타난 것이다.

"오래 기다리셨습니다."

모두 사회자에게 집중했다.

"예선전 통과자가 모두 모였으니 설명하겠습니다. 여러분은 3시간 뒤에 본선을 치르게 됩니다. 모두가 예선전을 통과한 만큼 충분히 실력을 인정받은 상태이지만 어부지리로 올라온 이들도 분명히 존재하리라 생각합니다. 그래서 보다 더 확실한 증명이 필요합니다. 예선전을 운 좋게 통과한 분들은 떨어지게 될 것이고 진짜 실력을 지닌 분들만이 2차 본선으로 올라갈 것입니다. 자세한 내용은 3시간 뒤에 알려드리도록 하겠습니다. 그때까지 자유롭게 행동하셔도 좋습니다."

그의 말에서 몇 가지가 유추되었다.

"하, 2차 본선도 있어?"

"그렇다네."

"3차도 있으려나?"

"글쎄. 그래도 뭐, 길진 않겠지."

첫 최강자전에 대한 기억은 선명하지 않았다.

몇 차까지 있었더라.

애매하긴 하지만 2차가 전부였던 것 같기는 했다.

모르겠다. 어차피 3시간 뒤에 알게 될 내용이었으니 기억하려 애쓸 필요는 없으리라. 먼저 안다고 해서 크게 달라질 것도 없을 것 같았고 말이다.

"잠깐 밥이나 먹고 오자."

"어? 아, 그래."

성민우가 예린을 보며 물었다.

"어, 혹시……."

"네?"

"저녁, 같이 드실래요?"

"아, 전 강릉에 살아서요. 어디에 사세요?"

강릉이면 상당히 먼 거리였다.

"서, 서울이요."

"아쉽네요."

"저두요. 나중에 꼭 봐요."

"좋아요."

예린의 대답에 헤벌레하고 웃는 성민우였다.

"아무튼 저녁 먹고 올게요."

"네, 다녀오세요. 그럼 저도……."

예린이 로그아웃을 했다.

"갔네."

"어, 갔다."

잠시 그렇게 있던 무혁이 성민우를 보며 말했다.

"뭐, 우리 둘이서 먹자."
"그럴까?"
"중간에서 보는 걸로."
"콜."

무혁은 차를 끌고 번화가로 향했다. 성민우를 만나 괜찮은 음식점으로 들어갔는데 생각보다 사람이 많았다.
"어서 오십시오!"
"자리 있나요?"
"예, 한 자리 딱 있네요. 이리로 오시면 됩니다!"
생각보다 좋은 자리였다.
"오, TV도 잘 보이고."
"어? 저거 일루전 예선전이네."
사람 대부분이 TV를 보고 있었다.
"크, 인기가 많긴 하구나."
하이라이트에서는 멋들어진 장면이 연속해서 나왔다. 직접 참가한 두 사람도 눈을 뗄 수가 없을 정도로 화려했다.
"오오!"
어느새 집중하게 되었다.
"저 비겁한 새끼! 하, 저기서 그럼 안 되지! 어휴!"
성민우의 목소리가 서서히 커졌다.
"저기, 손님……."
"저, 저! 더러운! 환장하겠네, 진짜! 한바탕 날뛰어 봐?"

"손, 님!"

"에?"

"주문은, 언제 하시려는지."

"아, 주문이요?"

"네."

"참, 주문도 안 했구나. 기본 정식으로 2개 주세요."

"알겠습니다."

주문을 받은 직원이 가고 다시 화면에 집중한 성민우의 거친 혼잣말이 이어졌다.

"어쭈, 또 저러냐! 아우, 콱! 헙, 야, 저기 나도 잠깐 나왔다. 오오, 멋진데!"

사람들의 시선이 성민우에게 쏠렸다.

"나도 나왔다고?"

"참가했나 보네."

"뭐, 예선전 탈락이겠지."

"그래도 레벨은 높겠다."

"그러게."

아랑곳 않은 채 성민우는 여전히 추임새를 넣었다.

"아오, 저거, 저거!"

"하아."

창피함은 무혁의 몫이었다. 하이라이트가 시작할 즈음 각 방송사에서 예선전을 몇 개로 나눠 홈페이지에 올렸다.

-영상 올라왔어요!

-영상요?

-네, 예선전 영상요. 풀버전이랍니다. 각 방송사 홈페이지에 있어요!

관심이 많았던 만큼 소식은 빠르게 번졌다. 일루전 홈페이지 채팅방을 통해 많은 이가 정보를 공유했다.

-와, 대박이네요. 풀버전이 더 끝내줍니다!

-진짜요?

-100퍼센트 리얼, 진짜요!

-허얼, 나도 봐야지.

일루전 유저들은 물론이고 즐기지 않는 사람들까지도 예선전을 감상하기 위해 지갑을 열었다. 영상이 많고 방송사마다 완전히 달라서 전부 시청하기 위해서는 많은 지출이 필요했지만, 직장인에겐 크게 부담이 없는 수준이었다.

영상 시간도 상당했고 조가 많아서 전부 시청하려면 상당한 시일이 필요할 테니 그동안은 지루함 없이 하루하루를 보낼 수 있으리라. 그들에겐 그것만으로도 충분했다.

"아, 비싸!"

물론 학생의 경우에는 확실히 부담이 되었다.

"야, 너도 볼 거지?"

"당연하지!"

"그럼 우리 돈 합치자."

"그럴까?"

방법은 간단했다.

"어, 나도!"

"나도 끼자!"

친한 친구들끼리 돈을 모아서 다운을 받은 후 그들끼리 모여서 함께 보면 되었다.

"어디부터 보지?"

"어, 여기 어때?"

"MVB?"

"여기 누구 있더라?"

"모르겠는데?"

"그냥 다크부터 보는 게 어때?"

"멍청아, 다크는 우승 후보잖아."

"그렇지."

"그럼 화려할 거 아냐?"

"아무래도?"

"화려한 거 먼저 보고 다른 거 보면 지루하지 않겠냐? 처음엔 좀 지루할 거 같은 걸 보고 그 이후에 화려한 걸 봐야 계속 볼 수 있는 거라고."

"크, 좀 똑똑한데? 그 머리로 공부를 해라, 인마."

"공부는 취향이 아니야."

"좋아, 아무튼 MVB 방송국 영상부터 보자!"

"콜!"

그 영상에서 백랑의 학살을 보았다.

"허얼."

"이 사람이 우승하겠다."

"그럴지도……."

"엄청 화려한데?"

"아, 잘못 골랐어. 이거 완전 멋있잖아!"

그리고 백랑과 무혁의 전투를 보았고.

"……."

무혁의 승리를 확인했다.

"대박."

"이, 이거 조금만 편집해서 내 SNS에 올려야겠다."

"나도!"

SNS에 올리자마자 반응이 왔다.

ㄴ와, 대단한데요?

ㄴ이게 전투지!

ㄴ백랑, 멋있는데 탈락해서 아쉬워요.

ㄴ무혁 님 꼭 우승하세요!

ㄴ새로운 우승 후보자!

ㄴ흔한 네크로맨서가 아니군요. 조폭 네크로맨서라고 해도 사실 본 캐릭터의 전투 능력은 부족하거든요. 그러면 상대방한테 허무하게 죽기 십상인데 이 유저는 달라도 아주 많이 다르네요. 기대합니다.

우승 후보로 무혁이란 이름이 사람들 입에 오르내리기 시작했다.

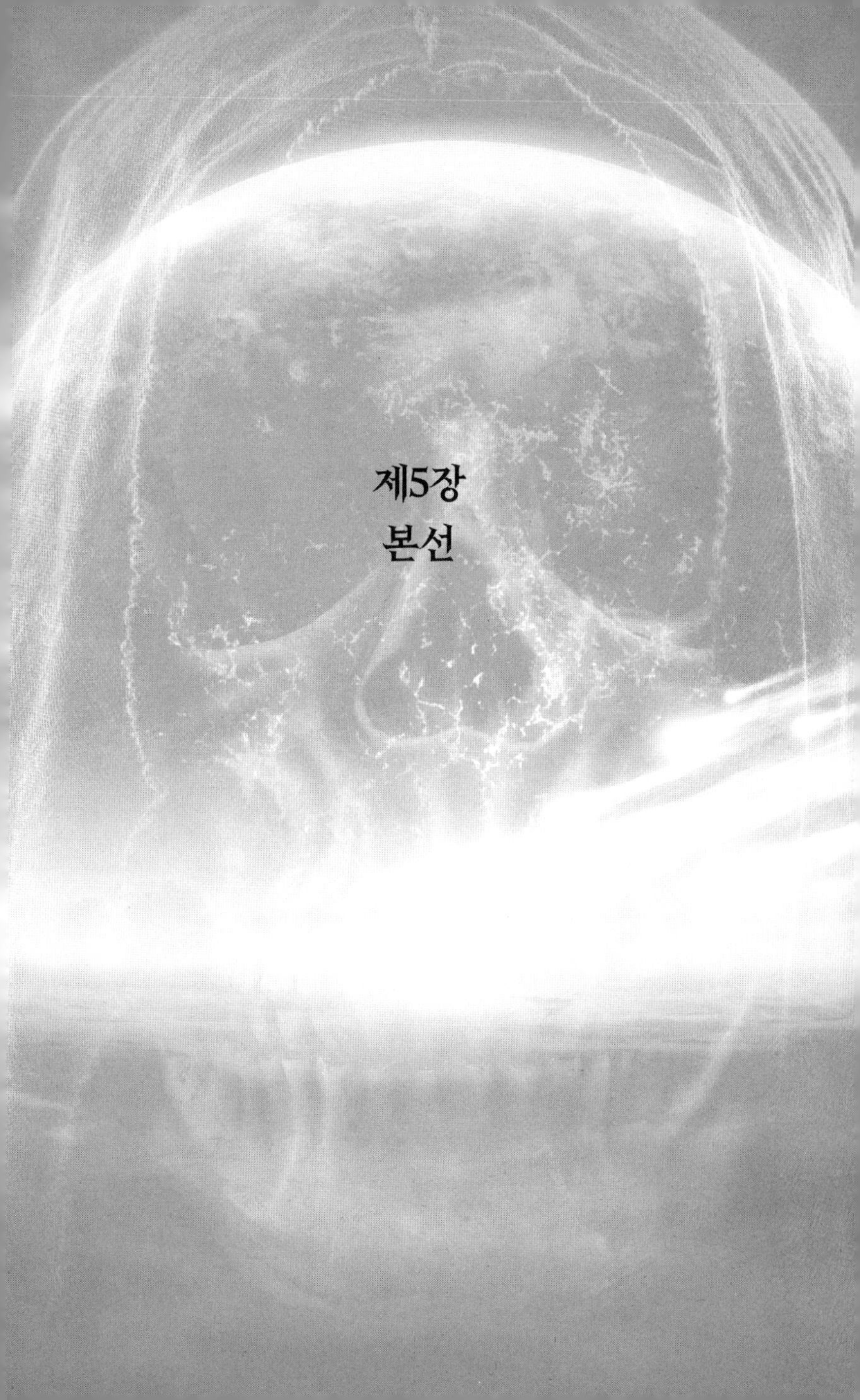

제5장
본선

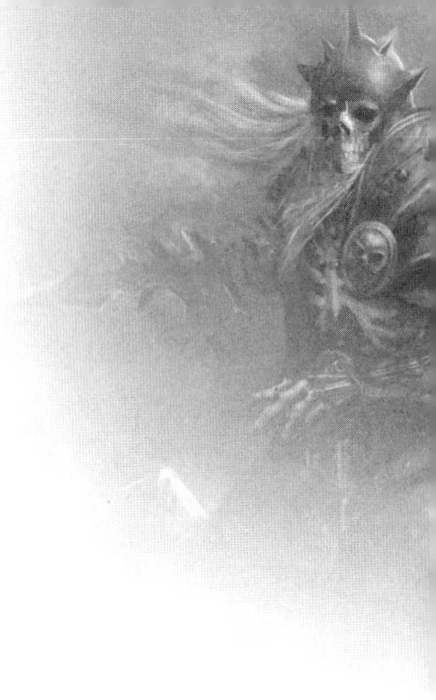

예선에서 탈락한 백랑은 스승을 찾아갔다.

"왜 이렇게 일찍 온 것이냐? 대회가 있지 않았더냐."

"졌습니다, 스승님."

새하얀 수염을 지닌 노인이 놀랐다는 표정을 지었다.

"네가 말이냐?"

"예."

"허어, 이렇게 빨리?"

"예선전에서 떨어졌습니다."

"그런데 왜 웃고 있느냐."

"너무나 즐겁습니다."

"호오."

백랑의 눈이 뜨겁게 타올랐다.

"그는 그만의 강함이 있었습니다. 가상이었고 자만에서 비롯된 실수였다고 할지라도 오랜만에 심장이 뛰었습니다."

"좋은 현상이다."

"그래서 한 가지 청을 드리고자 합니다."

"허허, 수련의 강도를 높이고 싶은 게로구나."

"예."

"위험할 수도 있다."

"감당하겠습니다."

노인이 잠시 생각에 잠겼다.

"너의 의지가 그렇다면."

별수 없다는 듯 고개를 끄덕였다.

"허락하마."

"감사합니다, 스승님."

"언제부터 할 생각이더냐."

"바로 시작하겠습니다."

"좋다, 가자꾸나."

백랑이 스승의 뒤를 따랐다. 더 강해지기 위해서.

집에 도착한 무혁은 곧바로 일루전에 접속했다.

지금은 7시 25분. 8시에는 1차 본선이 시작된다.

성민우는?

찾기 위해 주변을 둘러보는데 예린이 눈에 들어왔다.

"오셨네요."

"아, 네. 좀 느긋하게 왔죠."

그녀를 보자마자 다른 잡념은 모두 사라졌다.

"저녁은 맛있게 드셨어요?"

"그럼요. 예린 님은요?"

"저두요. 근데 자꾸 예린 님이라고 하니까 이상하네요. 혹시 나이가 어떻게 되세요?"

"나이요?"

"네, 제가 24살이거든요."

"아, 저는 서른이에요."

"그럼 오빠네요. 오빠라고 불러도 되죠?"

심장이 쿵 떨어질 소리였다.

"어, 그게……."

"안 돼요?"

"되, 되죠."

"그럼 오빠도 말 편하게 해요."

"크흠, 그럴까……?"

"네, 그게 편하고 좋잖아요."

그녀의 환한 미소를 보며 고개를 끄덕이는 무혁이었다.

왠지 기분이 그러네.

괜히 낯이 간지러웠다.

게다가 조금 불편한 것 같기도 했고.

"으차."

마침 성민우가 접속했다. 한줄기 동아줄을 발견한 듯 무혁의 표정이 편안해졌다.

"왔냐?"

"어, 안 늦었지?"

"아직은."

"예린 님도 계셨네요. 저녁 맛있게 먹었어요?"

"네."

"아, 그런데 몇 조예요?"

"전 A조예요."

"A조였어요? 무혁이가 B조인데."

두 사람이 대화를 나누기 시작했다. 그런데 두 사람의 존대가 계속 귀에 꽂혀왔다.

이상하네.

성민우에겐 말을 놓으라고 권유하지 않고 있었다. 고개를 갸웃거리고 있는 다른 유저들의 목소리가 들려왔다.

"왔다."

사회자가 보였다. 사회자가 등장하자 모두 입을 다물었다.

"1차 본선을 설명하기에 앞서 그룹을 나누겠습니다. A, B조가 1그룹. C, D조가 2그룹, E, F조가 3그룹입니다. 2개 조가 1개의 그룹이 되는 형식이니 스스로가 어느 그룹에 속해 있는지 정확하게 기억하시길 바랍니다."

유저들이 손가락을 세었다.

"난 F조니까 3그룹인가?"

"전 1그룹이에요."

"어, 나도 1그룹."

예린이 무혁을 보며 방긋 웃었다.

"참고로 그룹에 속한 인원은 192명입니다."

하나의 조에서 예선전을 통과한 유저의 수가 96명이었다. 2개의 조가 한 그룹이 된다면 그 수는 192명이 된다.

꽤 많네.

500명에서 4명을 통과시키는 예선전을 마쳤음에도 여전히 수가 많았다.

"각자의 그룹을 확인하셨을 거로 믿습니다. 이제 1차 본선의 룰을 설명하겠습니다. 각 그룹에 속한 이방인들이 하나의 연무장을 사용합니다. 먼저 해당 연무장을 둘러서 앉습니다. 이후 심사관의 지시에 따라서 원하는 자는 연무장에 올라갈 수 있습니다. 단, 선착순이며 연무장에 오른 자는 도전자 3명에게서 연달아 승리를 얻어내야만 합니다. 3명을 모두 이기면 합격, 한 번이라도 지면 불합격입니다. 도전자가 연무장에 오른 이방인을 이기면 1번의 승리로 인정되며 이후 2번을 더 이겨야 합격이 됩니다. 모든 이방인은 연무장에 오르거나 도전을 하거나, 두 가지 중에서 한 가지만을 택해야 합니다. 기회 역시 단 한 번밖에 없습니다."

사회자가 말을 끝냈음에도 누구 하나 입을 열지 않았다. 머릿속으로 1차 본선에 대해 생각하기에 바빴던 것이다.

성민우가 낮게 속삭였다.

"상당히 복잡한데?"

"안 복잡해."

"어?"

"그냥 올라가서 3명 연속 이기면 되는 거야."

"아, 그래?"

"어."

그때 사회자가 다시 말을 이어갔다.

"가장 중요한 부분을 언급하지 않았군요. 1차 본선에서 합격할 수 있는 인원은 한 그룹에서 32명뿐입니다."

그 말에 잠깐 정적이 흘렀다.

"한 그룹에서 32명이라고?"

"꽤 적은데?"

"흐음, 확실히 어정쩡한 놈들은 다 걸러지겠네."

"뭐, 상관없지."

"그럼. 난 자신 있으니까."

"나도야."

대부분의 유저가 32명이란 숫자에 집중할 때 무혁은 그 숫자를 토대로 다른 것을 계산하기 시작했다.

그룹이 4개니까. 1차 본선을 거치고 나면 살아남는 인원은 정확히 128명이 된다.

128명으로 무엇을 할 수 있을까?

토너먼트, 거기에 딱 떨어지는 숫자가 128명이다. 128명에서 64명으로. 32, 16, 8, 4, 그리고 2, 마지막으로 1명.

2차 본선는 토너먼트일 확률이 엄청나게 높다.

"질문 있습니까?"

유저들이 손을 들었다.

"말하세요."

"도전해서 지면 바로 탈락입니까?"

"네, 기회는 오직 한 번입니다."

"32명의 합격자가 나올 거라고 했죠?"

"그렇습니다."

"만약 모든 유저가 기회를 한 번씩 썼는데 합격자 수가 모자라면 어떻게 되죠?"

"합격자는 배제한 채 동일한 시험을 반복하게 됩니다."

"그러면……."

몇 가지 질문이 더 오갔다.

"충분히 답변을 드린 것 같군요. 혹시 질문 더 있습니까?"

"몇 차 본선까지 있죠?"

"그건 답해드릴 수가 없습니다."

"……."

"더 있습니까?"

아무도 손을 들지 않았다.

"없는 것으로 알겠습니다. 그럼 저를 따라오시죠."

사회자를 따라 이동하자 4개의 연무장이 나타났다.

"1그룹은 1번 연무장으로, 2그룹은 2번 연무장으로 가시면 됩니다. 3그룹은 당연히 3번 연무장으로 가셔야겠죠?"

총 4그룹으로 나뉜 유저들이 바삐 움직였다.

"본선 끝나고 보자."

"그래."

"예린 님도 파이팅!"

"강철주먹 님도요. 오빠, 이제 가요."

"어, 그래."

그 순간 성민우의 걸음이 멎었다.

"자, 잠깐!"

"왜?"

"두, 두 사람!"

"어?"

"언제부터 말 놓은 거야?"

"아, 너 오기 전에."

"허얼……."

"야, 늦겠다. 간다."

"어어……."

무혁과 예린이 1번으로 이동했고 뒤늦게 정신을 차린 성민우가 3번으로 향했다. 연무장 중앙에는 중년의 NPC가 있었는데 아마도 그가 심사관인 모양이었다.

"다들 왔으면 자리 잡고 앉으시길 바랍니다."

정중한 말투 속에 묵직함이 느껴졌다.

게다가 NPC.

아직은 그들의 비해 많이 부족한 유저들이었기에 심사관의 말을 따랐다.

자리를 잡고 앉자 예린이 오른쪽에 위치했다. 왼쪽에도 누군가가 앉았는데 관심이 없어 쳐다보지도 않았다. 그러자 옆에서 헛기침 소리가 계속해서 나왔다.

"크흠, 큼."

결국 고개를 돌렸다.

"아아?"

그곳에 인형술사 아데온이 있었다.

"뭐, 좀 앉아도 되지?"

"마음대로."

"바쁘더라고. 그래서 일부러 말 안 걸었어."

예린이 고개를 쑤욱 하고 내밀었다.

"아는 사람이야, 오빠?"

"아니, 예선전에서 만났는데 신경 안 써도 돼."

아데온이 머쓱하게 웃었다.

"네, 신경 안 써도 됩니다."

"어떻게 그래요. 이것도 인연이니까 다들 잘 지내봐요."

"마음씨도 예쁘시네요."

"헤헤."

"거기 계신 미인분은……."

무혁이 아데온에게 얼굴을 내밀었다, 예린은 듣지 못하게. 하지만 아데온은 들을 수 있는 거리에서 입을 열었다.

"조용히 있자."

"그, 그래."

"네? 뭐 물어볼 거 있으세요?"

"아니, 아무것도 아니에요."

아데온은 아쉬운 표정을 숨기지 못한 채 고개를 저었다.

"그래요?"

"네, 그럼요."

조용해진 틈을 타 심사관의 말에 집중했다.

"설명은 여기까지입니다. 그럼 지금부터……."

본격적인 시작이리라.

"1그룹 1차 본선을 시작하겠습니다! 먼저 연무장에 올라오실 분?"

몇 명의 유저가 몸을 일으켰다.

"가장 빨랐군요. 오르시죠."

"예!"

"이름을 밝혀주십시오."

"카겔입니다!"

장검과 방패를 지닌 유저였다.

"그럼 이방인 카겔에게 도전할……."

얘기를 마치기도 전에 한 명의 유저가 연무장으로 올랐다.

"도전하겠다!"

"크흠, 좋습니다. 이름이?"

"원펀치!"

"대결 방법은 간단합니다. 연무장에서 밀려나면 패배, 전투

불능도 패배, 항복 선언하면 패배입니다. 이곳에서 입은 상처는 연무장에서 내려가면 즉시 회복이 되며 혹시 죽을 정도의 심각한 상처를 입으면 자동으로 연무장에서 밀려나게 되니, 그 점 유의하길 바랍니다. 이방인 카겔과 이방인 원펀치, 두 분의 대결을 시작합니다!"

심사관이 연무장에서 내려갔다.

카겔과 원펀치. 두 사람이 마주 보며 무기를 꺼냈다.

"흐흐, 쉽게 가자고!"

원펀치가 대검을 휘두르자 풍압이 뻗어 나갔다.

카겔은 방패로 가볍게 막아내면서 거리를 좁혀 나갔다.

"어쭈!"

원펀치가 대검을 바닥에 내리꽂았다.

콰아아앙!

폭음과 함께 카겔이 위치한 곳 주변의 바닥이 갈라졌다. 그곳에서 솟아오른 날카로운 것들이 카겔을 공격했다. HP가 떨어지는 모습에 놀란 카겔이 돌진을 사용하여 빠른 속도로 공격 범위를 벗어났다. 마치 그 사실을 직감하고 있었다는 듯 원펀치가 빠른 속도로 달려갔다.

"이걸 기다렸다!"

원펀치의 대검이 카겔의 머리를 노린 채 위에서 아래로 떨어졌다.

그 순간 카겔의 눈이 빛났다.

가속베기!

카겔의 검이 번쩍하더니 떨어지던 대검을 연달아서 쳐 냈다. 대검이 옆으로 비껴나며 원펀치도 균형을 잃었다. 그 틈을 놓치지 않고 파고든 카겔이 스킬을 난사했다. 대결을 지켜보던 대다수의 유저는 숨을 들이켰고.

"허업……!"

"뭐, 그럭저럭."

일부는 평온했으며.

"흐아암, 지겹다."

극히 소수는 하품을 했다.

그 정도로 실력에 자신이 있다는 소리이리라.

무혁은 지겨워하는 몇 명의 유저를 두 눈에 담았다.

세 명이 눈에 들어왔다.

엄청나게 유명한 건 아니었지만 전신마비 시절, 몇 번 동영상을 본 기억이 있었다. 물론 지금 당장의 실력이 어떨지는 모르겠지만 훗날 나름 인기를 얻는 유저이니만큼 나쁘지 않은 실력을 지니고 있으리라.

"아, 언제 끝나려나."

중얼거린 자의 어깨에 있는 한 자루의 대검이 보였다.

광기의 전사였던가.

꽤나 특이한 직업이었던 것으로 기억하고 있다. 나머지 둘은 평범했던 거 같고.

이내 그들에게서 시선을 떼고 다시 연무장으로 고개를 돌렸다. 여전히 치열한 접전이 펼쳐지고 있었지만 상황을 보아하니 곧 결판이 날 것 같았다. 조금 더 날렵한 카겔이 미세하지만 확실히 우위를 점하고 있었기 때문이다.

"우와, 대단하다."

옆에 있는 예린은 계속해서 감탄사만 터뜨렸다.

그때 원펀치가 뒤로 물러났다.

"져, 졌다."

심사관이 올라와 카겔의 승리를 선언했다.

"이방인 카겔 1승. 다음 도전자 분, 손을 들어주십시오. 거기, 네. 올라오시면 됩니다. 이름이 어떻게 되시죠?"

"파이어맨."

"이방인 카겔과 이방인 파이어맨의 대결을 시작합니다!"

곧바로 두 번째 전투가 펼쳐졌다. 마법사 파이어맨과 카겔의 전투는 앞선 싸움과는 또 다른 맛이 있었다.

"어떡하지, 오빠?"

"왜?"

"나 언제 나가야 할지 모르겠어."

확실히 그게 문제였다.

"그냥 즐긴다고 생각하는 거지?"

"응, 추억이나 만들려구."

"그럼 마음 내킬 때 나가면 될 거 같은데."

"그럴까?"

예린의 눈이 반짝인다.

"파이어맨 승! 그럼 다음……."

그 말과 함께 예린이 손을 들었다.
"저요, 저요!"
"거기 여성 유저, 올라오시죠."
파이어맨에게 도전하게 된 그녀였다.

무의미한 PK는 싫었지만 서로의 강함을 겨루거나 목표를 위한 대결에는 흥미가 있는 그녀였다. 예전부터 격투기도 자주 찾아서 보던 그녀였으니 말이다. 그래서 추억을 쌓기 위해 최강자전 대회에 참가했다. 운이 좋아 예선전도 통과했고 이젠 파이어맨과의 1:1 대결을 앞두게 된 그녀였다.
"다녀올게, 오빠."
"잘하고."
"응!"
예린이 싱글벙글한 표정으로 연무장에 올랐다. 추억을 쌓고자 하는 마음이 얼굴에 고스란히 드러났다. 어린아이의 천진난만함도 느껴졌다. 그 덕분에 지켜보는 것만으로도 절로 미소를 짓게 되었다.
물론 대다수의 남성은 그저 휘파람을 불며 좋아하기에 바빴지만.
"오오! 죽이는데?"
"완전 예쁘다!"
예린은 얼굴을 붉히며 꾸벅, 꾸벅 고개를 숙였다.
"고, 고맙습니다."

이곳저곳에 인사를 하는 것이다. 그 모습이 또 귀여웠다.

"이겨라!"

"완전 맘에 든다!"

"나랑 사귀자!"

하지만 한 사람, 예린이 상대하게 될 파이어맨은 어떠한 반응도 보이질 않았다. 머리띠를 착용하고 있어서 얼굴이 훤히 드러났기에 그 무심한 표정이 냉소적인 분위기를 더욱 크게 부각시켰다. 안타깝게도 예린은 파이어맨의 그런 표정을 보지 못하고 있었다. 연무장에 올랐다는 긴장감과 흥분감에 고양된 탓이리라.

심사관이 다가왔다.

"이름이 어떻게 되시죠?"

"예, 예린이에요."

"좋습니다. 파이어맨과 예린의 대결을 시작합니다!"

심사관이 연무장을 내려가는 순간.

스윽.

파이어맨이 손을 휘둘렀다. 뜨거운 불길이 악마처럼 휘감긴 창 하나가 예린에게 쏘아졌다. 공간을 불태워 버릴 정도의 열기였다. 갑작스러운 공격에 놀란 예린이 허둥대었고.

그 모습을 연무장 아래에서 지켜보던 대부분의 사내가 침음을 삼켰다.

이대로 끝나는 것인가.

안타까움이 솟아오르는 그때.

"하압!"

예린이 마법을 사용했다.

쿠쿠쿠궁.

얼음의 장벽이 그녀의 앞에 생성되었다.

콰아아앙!

쏘아진 화염의 창과 부딪히며 강력한 폭발이 일어났다. 불과 물이 만나 서로를 집어삼킬 것처럼 화려하게 타올랐다.

이내 어느 한쪽의 우세도 없이 모두 사그라졌다.

"오오!"

"대단하다!"

파이어맨은 미간을 찌푸렸고.

"헤헤."

예린은 기쁜 듯 웃었다. 그 미소를 바라보던 파이어맨의 입꼬리가 기괴하게 비틀렸다.

자연스럽게 두 사람의 미소를 비교하게 되었는데 참으로 극단적인 수준이었다. 그저 보는 것만으로도 어떤 불길한 기분을 느끼게 만들 정도의 기분 나쁜 웃음이었다. 그나마 예린의 미소가 불길함을 어느 정도 상쇄시켜 줘서 다행이었다.

"귀찮은 년."

파이어맨의 낮은 중얼거림. 아무도 듣지 못했으리라.

곧이어 시작된 불꽃의 향연.

파이어 볼. 파이어 애로우.

짧은 간격으로 날아들며 예린을 노렸지만 그녀 역시 간단한 마법으로 응수하며 어렵지 않게 막아냈다. 틈틈이 반격까지 시도했는데 생각보다 날카로운 구석이 있었다. 화려한 마법들의 향연이 눈을 호강시켜 줬다.

쾅, 콰과과광!

폭발적인 강력함에 절로 매료되었다. 아름답고 멋있었다.

대단한데?

파이어맨이야 대결을 봤으니 대강 실력을 알고 있었다. 그래서 예린이 쉽게 떨어질지도 모른다고 여겼는데 아니었다. 그녀 역시 예선전을 운으로 통과한 건 아님을 이번 대결에서 모두에게 보여주고 있었다.

확실히 실력이 있어.

지켜보던 무혁이 고개를 끄덕였다.

하지만.

조금은 아쉬웠다. 레벨이 150만 넘어가도 마법사들의 대결은 지금보다 훨씬 더 격이 높아진다.

플라이 마법은 물론이고 블링크까지 배우게 될 테니까.

갑자기 사라졌다가 나타나는 것은 물론이고 하늘까지 날아다니니 그런 마법사 두 명이 붙게 되면 얼마나 대단할까.

지금은 둘의 레벨이 낮아서 제자리에서, 혹은 조금 움직이면서 마법을 사용하거나 막고 피하는 것이 전부였다.

무혁의 입장에서는 꽤나 지루할 수밖에 없었다.

그래도, 뭐. 그렇게까지 나쁜 건 아니었다.

조금씩 좋아질 테니까.

물론 한 가지는 확실하다.

이번 대회에서 마법사의 대부분이 본선 1차에서 떨어질 거라는 점. 적어도 150레벨이 넘은 다음 대회는 되어야 마법사들의 주목을 받기 시작하리라.

음?

그때 무혁의 미간이 찌푸려졌다. 파이어맨의 낌새가 이상했다.

뭔가 준비하는 것 같은데 예린이 눈치챌 수 있을까?

눈치를 채지 못한다고 하더라도 부디 그녀가 충분히 즐길 수 있기를 바라며 둘의 대결을 다시 눈에 담았다.

파이어맨이 손을 휘저었다.

"스톤."

거대한 바위가 예린의 앞에 나타난 것이다.

"어?"

놀란 예린이 뒤로 물러났다.

화아아악.

뒤쪽에선 갑자기 불꽃이 바닥에서 솟구쳤다.

파이어 월이었다.

더 이상 뒤로 물러날 수 없었다.

남은 것은 좌, 우.

움직이기 전에 이미 변화가 일어났다.

쿠구궁.

좌측에는 거대한 식물이 자라났고 우측에는 흙의 손이 생성되었다. 뒤쪽으로 그냥 물러서자니 큰 피해는 물론 잘못하다가는 연무장을 벗어나게 될 것 같았고 앞으로 가자니 파이어맨이 정면에 있어서 꺼림칙했다. 거대한 식물이 자리 잡은 좌측도 마냥 돌파하기엔 쉽지가 않았다.

우측 역시 마찬가지였고 상황을 파악한 시간은 그리 길지 않았다.

파괴해야 해.

마법사 간의 대결에서 중요한 것은 마법의 위력이었다.

예린은 모든 것을 얼리기로 했다.

"아이스 볼!"

시전 시간 3초. 손가락 한 마디 크기의 작은 얼음 구체가 무수히 생성되더니 사방으로 퍼졌다.

쩌적.

닿는 모든 것을 얼려 버리기 시작했다.

"파이어 스톰."

문제는 이미 파이어맨이 시전 시간이 5초나 걸리는 마법을 사용했다는 사실이었다. 불꽃의 회오리가 예린의 뒤쪽에서 서서히 거리를 좁혀왔다. 당장에라도 파이어 월을 꿰뚫고 그녀를 덮칠 것처럼 난폭한 기세였다.

서둘러 주변을 훑었다. 식물과 흙의 손 모두 얼어버렸다.

어디로 가지?

그 순간 정면에 있는 바위가 보였다.

역시 얼어버린 상태.

왠지 건드리면 부서질 것만 같았다.

그래, 차라리.

예린은 마음을 먹었다. 도망치다 패하는 것보다는 정면에서 제대로 싸우다 지는 게 더 추억이 되리라 여긴 것이다.

저벅.

앞으로 달려가 손에 들린 지팡이를 휘둘렀다.

퍼석.

얼어버린 바위가 조각처럼 깨어지며 부서졌다.

정면에 보이는 파이어맨.

그의 표정이 아주 조금 당황으로 물들었다고 생각되는 건 단지 착각일까.

그녀는 희미하게 웃으며 마법을 사용했다.

아이스 웨이브!

얼음의 물결이 파이어맨을 덮쳤다.

사실 조금은 당황한 파이어맨이었다.

뭐야, 정면?

설마 바위를 부서뜨리고 나올 줄은 생각도 하지 못했다.

좌, 우측으로 갈 줄 알았는데.

도망치는 상대를 잡기 위한 마법도 이미 사용할 준비를 모두 마친 상태였다. 그런데 예린이 생각과는 다르게 움직이면서 준비했던 마법이 무용지물이 되었다. 그렇다고 크게 달라질 건 없었지만 계획이 틀어졌다는 사실만으로도 파이어맨은 충분히 짜증을 느끼고 있었다.

빌어먹을 년.

어느새 지척으로 다가와 마법을 시전하는 그녀였다. 마법이 꽤 고위급이라 어쩔 수 없이 움직여야만 할 것 같았다.

날 움직이게 하다니.

기왕 이렇게 된 것, 쉽게 끝낼 생각을 버렸다. 철저하게 망가뜨리기로 했다.

파밧.

바닥을 강하게 찼다.

"어……?"

연무장 아래에서 지켜보던 이들의 눈이 커졌다. 파이어맨의 움직임이 예사롭지 않았던 것이다.

평범한 마법사는 선보일 수 없는 빠르면서도 가벼운 몸놀림이었다. 마법사가 반응할 수 있는 수준의 것이 아니었다.

"하아압!"

순식간에 그녀의 빈틈을 파고들더니 지팡이를 휘두른다. 휘둘러지는 그 짧은 사이에 지팡이는 둔기로 변했다. 변형 마법이 걸린 무기인 모양이었다. 둔기가 그녀의 전신을 두드렸다.

퍽, 퍼버버벅.

꽤나 충격이 있어 보였다.

"숨겨진 직업이었어?"

"움직임만 보면 도적인데?"

"아니, 그보다 저 자식 너무하잖아!"

"살살해라!"

남성들의 분노가 느껴졌다.

"시, 실드!"

방어 마법을 펼친 예린이 마법을 연달아 사용했다.

아이스 볼, 아이스 애로우.

몇 개의 마법이 적중되었다.

"흐읍!"

그가 뒤로 살짝 밀려났다.

아이스 월!

마법을 다시 사용했지만 파이어맨은 어렵지 않게 공격들을 피해냈다.

강력한 마법은 시전 시간이 필요했는데, 그 시간이 짧은 것이 아닌지라 함부로 사용할 수 없었다. 결국 간단한 마법만으로 견제를 이어갔지만, 쿨타임이 훼방을 놓았다.

"아……!"

예린이 조금 당황한 순간.

파밧.

파이어맨이 그 부분을 절묘하게 파고들었다.

그의 손에서 뿜어진 파이어 볼.

콰앙!

폭발에 휘말린 예린의 지척에서 휘둘러지는 둔기.

퍽, 퍼버벅.

또다시 일방적인 구타가 이어졌다.

"하, 항……."

예린이 항복을 선언하려고 하면 마법이 날아들었다.

콰아앙!

굉음이 그녀의 목소리를 덮어버렸다.

그런 행동이 반복되고 있었다.

제6장
토너먼트

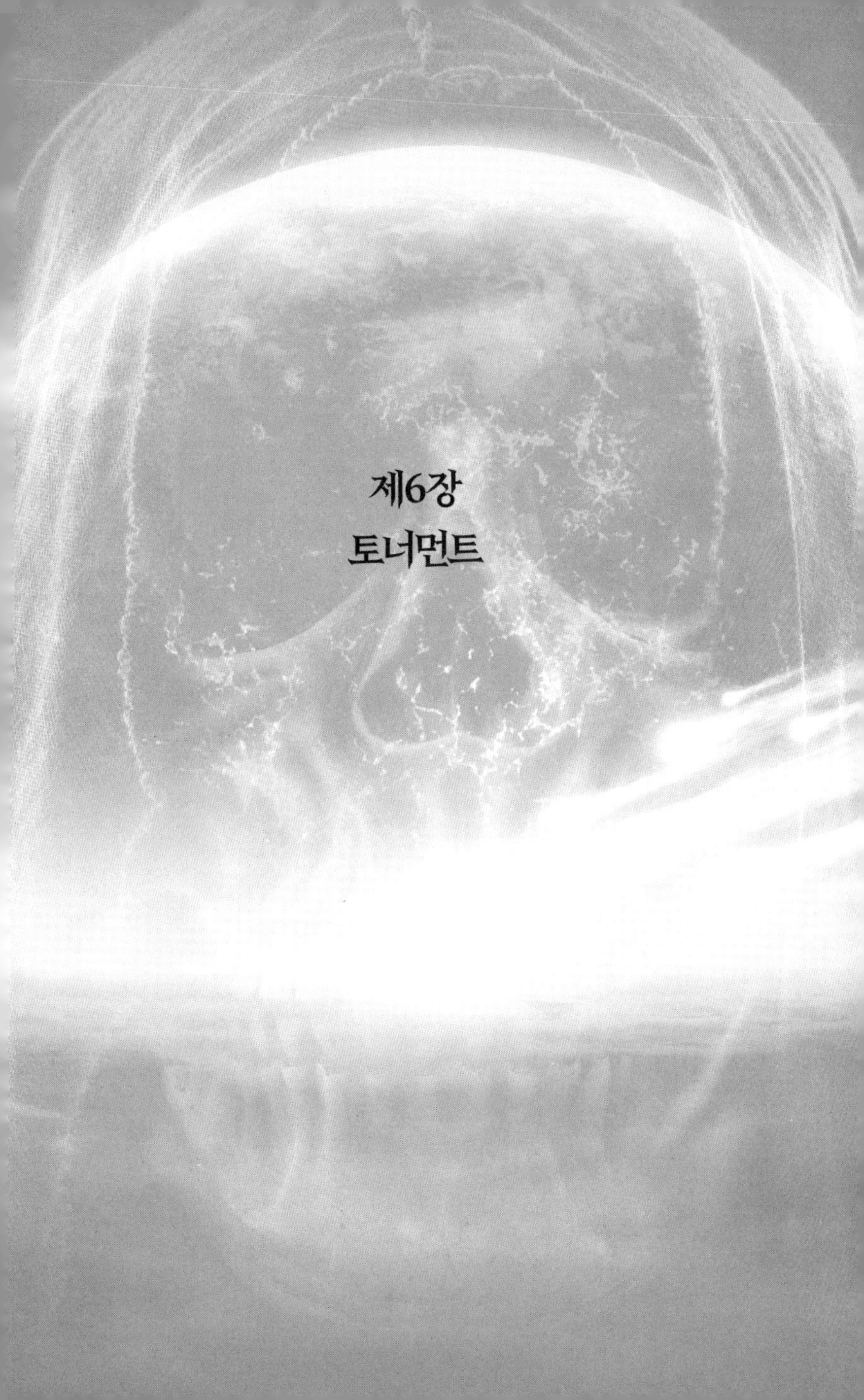

무혁의 주먹이 강하게 쥐어졌다.

꽈아악.

마치 뼈가 으스러질 것처럼.

"그만!"

그때 심사관이 연무장에 올라가 대련을 종료시켰다. 실드의 쿨타임이 돌아오는 순간 마법을 사용한 예린이 항복을 선언한 덕분이었다. 그녀를 가지고 놀던 파이어맨은 아쉬운 듯 혀를 찼고 그 모습에 유저들의 야유가 쏟아졌다.

"우우, 더러운 녀석!"

"악질이구만!"

예린이 연무장을 내려왔다. 애초 심사관이 말했던 대로 모든 상처가 순식간에 아물었다. 신기한 듯 이곳저곳을 살펴보던 예린이 어색한 표정을 지으며 무혁의 옆에 앉았다.

"헤헤, 좀 추했지?"

"……."

차마 대답하지 못했다.

"많이 보기 싫었어?"

그제야 무혁이 고개를 저었다.

"아니."

"다행이다."

예린이 안도하며 고개를 살짝 숙였다. 마침 심사관의 목소리가 고막을 파고들었다.

"다음 도전자는……."

무혁이 몸을 일으켰다.

"어? 오빠?"

놀란 예린이 고개를 들었고, 굳은 표정의 무혁이 그녀를 내려다봤다.

"나도 슬슬 나가봐야지."

"아……."

심사관은 가장 빠르게 몸을 일으킨 무혁을 지목했다.

"올라오시면 됩니다."

연무장으로 올라갔다. 걸음 소리가 유난히도 크게 느껴진다. 연무장에 오른 그를 바라보던 심사관이 이채를 띠었다. 무혁의 표정에서 한줄기 분노를 읽은 까닭이었다.

"이름은 어떻게 되십니까."

"무혁."

"알겠습니다. 그럼 지금부터 이방인 무혁과 이방인 파이어맨의 대결을 시작하겠습니다!"

심사관의 말이 끝난 직후.

윈드 스텝, 무혁은 한 줄기 바람이 되었다.

후웅.

어느새 파이어맨의 지척에 도달한 그가 검을 그어 내렸다.

무혁의 움직임은 빨랐다, 정면에 있던 파이어맨조차 제대로 반응하지 못할 정도로.

시, 실……!

실드 주문을 사용할 틈도 없었다.

"흐읍!"

무혁의 검이 파이어맨의 로브를 헤집고 들어가 십자 모양의 상처를 남겼다. 줄어든 HP에 놀랄 겨를도 없이 등 뒤에서 충격이 올라왔다.

파앙!

폭발과 함께 바닥을 뒹굴었다.

연이어 꽂히는 공격들.

팡, 파아앙!

그럴 때마다 파이어맨은 바닥을 나뒹굴었다.

처참하고 또 비참했다. 연무장 밖으로 밀려난다 싶으면 어느새 길을 막은 무혁이 검을 휘두르며 탈락을 막아섰다. 그러면 파이어맨은 풍폭의 영향으로 바닥을 구르며 다시 연무장 중앙으로 향하고는 했다. 마법으로 반격하려고 해도 무혁의 움직임이 너무 빨라서 도저히 잡을 수가 없었다. 결국 파이어맨은 한참이나 일방적으로 얻어맞기만 했다.

"부, 불쌍한데?"

"좀 심하다."

"뭐, 행동한 대로 당하는 거지."

지켜보던 이들이 그렇게 중얼거릴 정도로.

그 순간.

"아……."

바닥을 구르고 있던 파이어맨의 HP가 제로가 되면서 연무장 밖으로 튕겨 나갔다.

얼굴을 바닥에 비비고 있던 그가 다급히 몸을 일으켰다. 수치심으로 온몸이 벌겋게 달아올랐으나 할 수 있는 것은 아무것도 없었다.

무혁을 한 번 노려본 후 서둘러 대회장을 벗어날 뿐.

"크, 크하하하하!"

"진짜 불쌍하네. 크큭."

뒤늦게 웃음이 터졌다.

"푸 ."

그것은 예린도 예외가 아니었다.

두 번째 대결도 무혁의 승리였다.

"압도적인데?"

"저걸 누가 이기냐, 진짜."

"대단하긴 하네."

"소문이 과장이 아니었어."

대부분의 유저가 감탄하기에 바빴다. 다만 일부 유저는 그 이야기가 마음에 들지 않는다는 표정을 지었다. 나름대로 실력에 자신이 있는 이들이었다.

"이방인 무혁에게 도전할 분은 안 계십니까?"

그러나 그들조차 무혁에 도전하진 않았다.

"쳇."

무혁이 예의주시하던 광기의 전사도 마찬가지였다. 본선 1차까지 온 이상 여기서 떨어지긴 꽤 아쉬우리라. 그런 만큼 확신이 있을 때 나서는 게 정상이었다. 승부욕에 유난히 불타는 유저가 아니라면.

무혁을 상대로 승리를 확신할 유저는 이곳에 없었다.

"다시 묻겠습니다. 이방인 무혁에게……."

도전자는 끝내 나타나지 않았다.

"이방인 무혁, 본선 1차 통과입니다."

무혁은 연무장을 내려와 예린의 옆에 앉았다.

그녀가 물끄러미 쳐다봤다.

말똥말똥한 시선이 꽤 부담되었다.

쩝, 오버했나.

사실 그 순간에는 정말 아무런 생각도 없었다. 파이어맨을 처참하게 짓밟고 나서야 정신이 돌아왔으니까.

"저기……."

"응?"

"고마워."

인사를 하는 예린을 보니 괜히 낯이 간지러웠다.

"으음, 뭐, 그래."

대충 대답하며 화제를 돌렸다.

"그보다 본선에서 떨어졌네."

"예선전 통과한 게 어디야. 정말 재밌었어."

"……."

파이어맨, 그놈만 아니었다면 사실이라 믿었을 것이다.

"진짜야."

"그럼 다행이고."

"헤헤, 끝까지 응원할 테니까 꼭 우승해."

"그래."

이런저런 이야기를 나누는 사이 본선 1차 통과자가 벌써 20명이 넘어섰다.

그 즈음부터 지켜만 보던 실력자들이 하나둘씩 모습을 드러냈다. 그들의 실력에 아직 아무것도 하지 못한 무수한 유저가 한숨을 토해냈다.

"아, 젠장. 초반에 나갈걸."

"하아, 나도."

무혁은 이미 통과했기에 여유롭게 대결을 지켜봤다.

"다음으로……."

"도전하겠다."

마침 광기의 전사가 몸을 일으켰다.

대검을 지닌 큰 덩치의 사내. 그가 연무장에 오르니 넓은 공간이 모두 채워진 기분이었다. 존재감 자체가 거대한 탓이리라. 이어진 전투 역시 고개를 끄덕이게 만들기에 충분했다. 존재감만큼이나 그의 실력도 뛰어났으니까.

두 명, 세 명까지. 참으로 쉽게도 승리를 거머쥐었다.

"이방인, 에스카. 통과!"

이것으로 통과자는 총 30명. 2명만을 남겨둔 상황에서 아데온이 나섰다.

인형을 다루는 직업. 아데온의 센스는 꽤나 뛰어난 편이었기에 전투 역시 현명하게 이어갔다. 관객으로서는 상당히 재미있다고나 할까.

"우와……."

"신기하지?"

"응, 꼭 상대방이 일부러 당해주는 거 같아."

아데온 역시 어렵지 않게 연승을 거머쥐었다.

3승까지.

"이제 마지막……!"

31명이 통과를 했다.

마지막 1명. 남은 유저의 치열한 혈투가 이어졌다.

1승이나 2연승을 하면 꼭 제지를 당했고 그 덕분에 마지막 1명을 뽑기 위한 싸움이 가장 오랜 시간 이어졌다. 하지만 결국 끝은 나는 법이었다. 끝내 1명이 3명을 연속으로 이기면서

32명이 모두 채워졌다.

"그만!"

1차 본선이 종료되었다.

통과자들만 다음 장소로 이동할 수 있었다.

"아, 저기, 오빠."

"응?"

"휴대폰 번호 뭐야?"

"내 번호?"

"응, 친구 추가해도 사실 우편 보내는 게 번거롭잖아."

"그렇지."

"그래서 그냥 문자나 전화 가끔 하게."

무혁은 고개를 끄덕이며 번호를 알려줬다. 메모장에 번호를 적은 그녀가 환하게 웃으며 인사를 했다.

"연락할게!"

"어, 그래."

그녀가 떠나고 무혁은 앞서가는 유저들의 뒤를 따랐다.

32명. 뒤이어 다른 그룹의 통과자들도 합류했다. 128명, 4개 그룹 전원이었다. 무혁을 발견한 성민우가 옆으로 다가오더니 주변을 두리번거렸다.

"예린 님은?"

"떨어져서 갔어."

"으억, 이럴 수가! 인사라도 해야 하는데……."

"나중에 해."

"나중에 어떻게?"

"번호 받아갔어."

"헉, 진짜?"

"어."

"대박이다, 대박이야. 근데 말이야."

성민우가 묘한 표정을 지었다.

"넌 가끔 보면 진짜 여자관계에 있어서는 바보 같은데 또 이럴 때 보면 아닌 거 같기도 하고 말이야. 아무튼 엄청 신기하다니까. 도대체 왜 저렇게 예쁘고 착한 여자가 너랑 친해진 거지? 맞아, 유라 씨하고도 친하잖아?"

"칭찬인 듯 칭찬 아닌 욕이냐?"

"아니, 욕인 듯 욕 아닌 칭찬이다."

"말빨이 좀 늘었다?"

"조금이 아니라 많이 늘었지."

두 사람의 대화를 듣고 있던 아데온이 실소했다.

저런 면도 있었나.

지금이라면 조금 더 친해질 수 있을 것 같았다. 본선이 몇 차까지 있는지 모르는 상황이고 또 대결 방법도 알 수 없었기에 친해져서 나쁠 건 없으리라. 그게 아니더라도 최상위 랭커와 인연을 만들어놓는다면 도움이 될 것이 분명했다.

"실례합니다."

그래서 용기를 내어 끼어들었다.

"음? 누구……?"

다행스럽게도 무혁 역시 아데온과의 인연을 나쁘게만 보진 않았다. 도움도 분명 받았고.

성민우에게 간단하게 소개를 시켜줬다.

"예선전에서 도움을 좀 받았지."

"오오, 그래?"

"어, 이 사람도 소환 계열이야."

인형술사. 크게 본다면 소환 계열이 맞았다.

"진짜요? 소환 계열이세요?"

"아, 네."

"우와, 반가워요!"

"저도 반갑습니다."

"그런데 소환 계열이면 어떤 종류를……?"

"인형 몇 마리 소환해요."

"와우, 멋진데요?"

"하하……."

"전 정령 소환이 가능하거든요."

"대단하시네요."

그러고 보니 소환 계열 직업 3명이 한 자리에 모인 것이었다.

묘한 밸런스네.

대수롭지 않게 여기고 있는 그때.

짜악!

유저들을 안내한 NPC가 박수를 쳤다.

"여기까지 오신 것을 환영합니다. 2차 본선에 대해서 설명하겠습니다. 두 번은 없으니 집중해 주시길 바랍니다."

무혁, 성민우, 아데온 모두 그에게 집중했다.

"내용 자체는 간단합니다."

토너먼트겠지. 숫자는 128명으로 딱 맞았다.

"4 대 4 팀전입니다."

예상이 엇나갔다.

"팀전……?"

"4 대 4라고?"

동시에 세 사람이 서로를 쳐다봤다.

무혁, 성민우, 아데온.

모두 소환 계열의 직업이었다.

하지만 무혁과 성민우는 소환수가 없이도 아주 강력했다. 아데온은 적을 혼란에 빠뜨리기에 충분한 스킬을 지니고 있었고.

"이거, 재밌겠는데?"

무혁의 말에 두 사람 모두 고개를 끄덕였다.

정말 흥미로운 조합이 될 것 같았다.

심사관이 다시 말을 이어갔다.

"팀원은 알아서 꾸리면 됩니다. 먼저 꾸리는 대로 저한테 오시면 2차 본선에서 임시로 사용하게 될 팀으로 배정하도록 하겠습니다. 총 32팀까지 존재하며 대결은 제가 호명하는 팀이 나와서 붙게 될 것입니다. 한 번만 승리하면 통과입니다. 반대로 패배하게 되면 곧바로 본선에서 떨어지게 되니 주의하시길 바랍니다."

"물약을 사용할 수 있습니까?"

"사용하셔도 좋습니다. 더 질문 있습니까?"

"……."

"없다면 이제 팀을 만드시길 바랍니다."

그 말에 유저들 일부가 움직였다. 안면이 있는 이들끼리 먼저 붙은 것이다.

"우리는 한 명 더 구해야 하네?"

"어, 누구를 하지?"

유명한 유저는 상당히 많았다.

다크, 아레스, 거스. 그 외에도 숨은 실력자들까지.

하지만 그들은 이미 그네들끼리 팀을 이룬 상태였다.

"저런 녀석하고만 안 붙으면 되는데……."

운이 더러워서 실력자로만 이뤄진 팀과 맞붙으면?

그걸로 탈락.

운도 꽤나 중요하게 작용하리라.

그때 한 명의 유저가 눈에 들어왔다.

광기의 전사, 에스카.

"저 사람한테 말해볼까?"

"누구?"

"저기 대검."

"음, 실력은 괜찮아?"

"좋아."

"그럼 콜이지. 어차피 혼자 있는 거 보니까 팀 꾸릴 성격도 아닌 것 같고."

"가 보자."

거리가 좁혀지나 에스카가 쳐다봤다.

"팀 꾸리셨나요?"

"크흠, 아뇨."

"저희랑 같이 하실래요?"

에스카가 무혁과 아데온, 성민우를 번갈아서 쳐다봤다. 이미 무혁과 아데온의 실력은 연무장에서 확인했을 터.

이 정도라면.

천천히 고개를 끄덕이는 에스카였다.

"좋습니다."

곧바로 심사관에게 향했다.

"팀을 꾸리셨나요?"

"네."

"좋습니다. 손을 주십시오."

무혁이 손을 내밀자 빛이 서렸다.

손등에 새겨진 숫자.

"17팀입니다."

고개를 끄덕인 후 물러났다.

어차피 사제는 없었다. 누가 더 빨리 적의 HP를 제로로 만드느냐의 싸움이었다.

"꽤 유리해."

아니, 아주 많이 유리했다. 성민우, 무혁, 아데온. 그들 셋의 소환수만 100마리에 달했으니까.

"후아, 긴장된다."

"긴장?"

"응, 혹시라도 최상위 랭커랑 붙을까 봐."

성민우의 말에 무혁이 웃었다.

"뭐, 붙어도 상관없고."

"어어?"

"난 자신 있어."

누구랑 붙더라도 상관없었다. 어느 팀도 마냥 쉽지만은 않을 테니까.

"워후, 자신만만하시군요?"

"기본이지."

그때였다. 갑자기 장내가 소란스러워졌다.

"음?"

저 멀리서 일단의 무리가 나타난 것이다.

"뭐지?"

"방송국 같은데?"

아무래도 촬영을 위해 모인 모양이었다. 연무장 주변에 자리를 잡더니 일부 유저들을 화면에 잡기 시작했다.

"이제 본격적으로 촬영 하나 보네."

이 모습이 전국에 방영된다는 사실을 실감했다.

자연스럽게 기합이 차올랐다.

"집중해 주십시오."

마침 심사관의 목소리가 들려왔다.

모두의 이목이 집중된 가운데.

"지금부터 2차 본선을 시작하겠습니다."

2차 본선의 막이 올랐다. 심사관의 손바닥에서 빛이 뿜어지며 숫자를 만들어냈다. 2와 11이었다.

"2팀, 11팀은 올라오십시오."

두 팀의 대결을 이곳에 있는 모두가 보게 되리라.

"이건……."

끝내 말은 이어지지 않았지만 대부분이 이해하고 있었다.

이번 2차 본선으로 인해서 일종의 전력 탐색이 가능해졌음을 말이다.

지금 봐둬서 나쁠 건 없었다.

집중해야겠어.

무혁 역시 제대로 두 팀의 대결에서 눈을 떼지 않았다.

콰, 콰아아앙!

강력한 스킬들의 향연이었다. 2팀의 호흡이 더 좋았다.

"누가 이길 거 같냐?"

"내가 신도 아니고."

"대충 감이란 게 있잖아."

"2팀."

"왜?"

"11팀은 너무 막무가내식이잖아."
"오호라."
무혁의 예상대로 들어맞았다.
"2팀 승!"
심사관의 호명과 함께 2팀원들의 표정이 밝아졌다. 떨어진 11팀은 고개를 숙인 채 연무장에서 내려왔다.
"다음 팀은……."
심사관의 손바닥에서 뿜어진 빛이 다시 숫자를 만들었다.
"6팀과 21팀입니다."

이후로도 몇 개의 팀이 더 대결을 마쳤다.
"크, 진짜 세긴 세구나."
"확실히……."
무혁도 조금은 긴장이 되었다. 간간이 보이는 최상위 랭커와 실력자들은 간담을 서늘하게 만들기에 충분했다. 이미 한 번 싸워봤던 백랑이 자연스럽게 떠오를 정도였다.
대단해.
비단 무혁만의 생각은 아니었다. 촬영에 집중하는 방송 관계자들 역시도 수시로 움찔거렸다.
"화면 좋고!"
"전투 장면도 끝내주죠?"
"물론이지! 어이, 거기. 똑바로 조종 안 해!"
"죄, 죄송합니다!"

각종 녹화 기계들이 사방을 점유했다.

심지어 하늘까지도.

콰아아앙!

폭발마저 예술적으로 찍혔다.

"크으!"

눈을 뗄 수 없는 대결이 끝났다.

"지금 몇 번째지?"

"여섯 번째 대결 끝났습니다."

"이제 시작이구만."

흡족한 듯 웃는 감독이었다.

심사관의 입이 열렸다.

"17팀, 31팀."

무혁이 속한 17팀이 드디어 호명되었다.

자리에서 몸을 일으켰다.

"으차, 드디어 우리 차례인가?"

"떨리네, 떨려."

무혁과 에스카는 말이 없었다. 덤덤하게 연무장을 올랐다.

상대로 지목된 31팀을 가볍게 훑었다. 무혁의 기억에 존재하는 실력자는 한 명뿐이었다. 그렇다고 무시할 순 없었다.

분명 한 수가 있으리라. 아니, 어쩌면 그 이상이 있을지도 모를 일이었다. 그렇게 여기고 전력을 다할 생각이었다.

전부 쏟아버리자. 백랑과의 대결에서 깨달은 점이었다.

"두 팀의 대결을 시작하겠습니다."

심사관의 말이 떨어지기가 무섭게 무혁이 스켈레톤을 소환했다. 한줄기 바람이 불어오며 84마리의 스켈레톤이 모습을 드러냈다. 마법처럼 나타난 스켈레톤들은 그 자체만으로도 충분한 존재감을 뿜어대고 있었다.

"허, 허업……!"

"더럽게 많다."

거기서 끝이 아니었다.

"정령 소환."

성민우의 12마리의 정령.

"인형 소환."

전투 능력이 있는 7마리의 인형과 비전투 인형 15마리까지. 총 110마리가 넘어가는 어마어마한 숫자에 연무장이 빼곡히 메워질 정도였다.

그에 자연스럽게 유저들의 시선이 아직 아무런 행동도 취하지 않고 있는 에스카에게 집중되었다.

"저 유저도 소환 계열인가?"

"그럼 대박인데, 진짜."

기대 어린 시선에 에스카가 헛기침을 했다.

"커흠!"

그러고는 슬그머니 대검을 꺼냈다.

"에이, 뭐야. 대검 전사야?"

"아쉽네."

무시하려고 해도 귀에 꽂혀 들어오는 유저들의 대화에 에스카가 고개를 돌렸다.

그의 시선에도 아랑곳하지 않은 채 낄낄거리는 자들.

"쳇."

그렇다면 실력으로 보여주리라.

"하아압!"

그의 전신이 붉게 물들었다. 그러고는 돌진했다.

이후 이어지는 스킬들. 그야말로 미쳐 버린 전사가 표출하는 광기 어린 몸짓이었다.

풍폭, 강력한 활쏘기.

무혁도 보고만 있지는 않았다.

아머아처, 파워샷. 아머나이트, 아머기마병 앞으로. 검뼈와 일반 기마병은 주변에 배치시켰다.

어차피 진화하지 않은 녀석들은 허무하게 죽을 뿐이니까 차라리 주변에 두고 풍폭을 걸어준 후 혹시나 몰래 다가오는 자가 있다면 그에게 피해를 입히는 게 더 나으리라.

풍폭, 풍폭.

바삐 움직여 주변 검뼈와 기마병에게 풍폭을 걸어준 후 스컬 스네이크를 소환하여 혼란의 물약을 발라줬다. 그리고 아무 일도 없었다는 듯 다시 화살을 쏘아댔다.

스컬 스네이크, 앞으로.

물론 스컬 스네이크의 지휘를 동시에 하면서 말이다.

한편, 무혁 팀의 상대가 된 4명은 표정이 일그러졌다.

"저게 무슨……."

"허, 이거 이길 수 있나?"

"어이가 없네요."

그때 한 명의 유저가 나섰다. 꽤 침착한 상태였다.

"자, 걱정들 하지 마세요. 그래 봐야 소환수일 뿐이니까요. 일단 탱커 한 분이 앞으로 가주시고요. 마법사인 저와 궁수인 헤르온 님은 뒤에 위치하겠습니다. 암살자 바람님은 몰래 접근해서 소환사를 처리해 주세요. 여기 있는 저희 세 명은 최대한 소환수를 줄이면서 접근하겠습니다."

"아, 예."

"그게 좋겠네요."

탱커가 앞으로 나섰다. 그런데 소환수보다 먼저 움직이는 한 명의 유저를 바라보며 혀를 찼다.

"궁수님, 처리해 주세요."

"예!"

궁수의 손이 바삐 움직였다.

팡, 파파바바방!

엄청난 속도의 연사였다. 뻗어 나가는 화살의 색깔이 모두 제각기 달랐다.

달려들던 에스카를 저지시키기엔 충분했다.

그 틈을 노려 마법사 카릴인 강력한 범위 마법을 사용했다. 다가오는 스켈레톤을 단번에 부서뜨리기 위해서.

콰아아앙!

후폭풍이 치솟는 그 순간 암살자가 움직였다.

“이 정도면…….”

카릴은 바람 계열 마법을 사용하여 후폭풍을 날려 보냈다. 적어도 수십의 스켈레톤은 부서졌으리라 여기면서.

……!

망치로 뒤통수를 맞은 기분이었다.

“이게……?”

말도 제대로 이어지지 않았다.

이게, 말이 돼?

방패로 몸을 가리고 있던 거대한 덩치의 스켈레톤들이 마치 아무 일도 없었다는 듯 멀쩡히 움직인 탓이었다.

키릭, 키리릭.

인정할 수 없었다.

“라이트닝 필드!”

전격의 마법이 바닥에 펼쳐졌다. 소환수들이 비틀거렸다. 몇 마리는 넘어지면서 몸을 부들거리며 떨었다.

“미친!”

하지만 대부분이 다시 몸을 일으켰다.

다시 한번!

강력한 마법이 손에서 뿌려졌다.

콰아아앙!

그제야 몇 마리의 스켈레톤들이 부서졌다. 하지만 아직도 다가오는 녀석들이 너무 많았다. 안색이 파리하게 질렸다.

있을 수 없는 일이야, 절대로!

다른 이들은?

궁수는 대검을 지닌 유저의 돌진을 막느라 진을 빼고 있었고 암살자는 어디 있는지 보이지도 않았다. 전열의 탱커는 날아오는 뼈 화살과 마법을 막아내느라 지친 상태였다.

이대로는 탈락이었다.

안 돼, 절대로!

다시 마법을 사용했다.

"죽으란 말이야!"

거친 폭발이 일어났지만 2마리가 사라졌을 뿐이었다.

"아……."

2미터가 훌쩍 넘어가는 갑옷을 입은 것만 같은 녀석들이 꾸역꾸역 거리를 좁혀왔다.

부혁의 손이 보랏빛으로 물들었다.

죽은 자의 축복.

쿨타임이 돌아올 때마다 사용한 덕분에 본래 쓰러졌어야 할 녀석들이 아직 버텨내고 있었다. 비록 할 수 있는 일이 거의 없다고 하더라도 존재 자체만으로도 상대방에게는 충분히 압박이 될 것이 분명했다.

흐음, 무난하겠네.

그렇다고 방심하지는 않았다.

확실하게.

부르탄을 슬쩍 바라봤다. 덩실덩실 춤을 추던 녀석이 턱을 부딪쳤다.

키아아아아아아!

기파를 사용한 것이다.

"흡……!"

움직임이 멎어버린 그들의 주변으로 스컬 스네이크가 자리를 잡았다.

아머나이트, 강한 일격. 아머기마병, 가속 찌르기.

탱커가 흔들렸다.

"크아아아아!"

기합 스킬인 모양이었다. 기파의 영향에서 자유로워진 그가 어떤 행동을 취하기 직전, 근처에 자리를 잡고 있던 스컬 스네이크가 그를 헤집었다.

[3초간 신체 지배력을 잃습니다.]

탱커의 표정이 절망으로 물드는 순간이었다. 뒤이어 마법사와 궁수도 균형을 되찾았다. 하지만 역시 스컬 스네이크를 막아내지는 못했다.

신체 지배력을 잃고 기이한 춤을 추기 시작하는 이들, 수치심으로 얼굴이 벌겋게 달아오르는 그들을 끝내기 위해 공격을 감행했다.

쾅, 콰아아앙!

먼지가 사라졌을 땐 세 명 모두가 밖으로 튕긴 후였다.

남은 건……?

암살자 유저 한 명.

은신을 사용했는지 모습이 보이지는 않았다. 기다리는 것도 귀찮았다. 아머아처를 지휘하여 작은 원을 이루도록 만들었다.

아머아처, 연사. 사방으로 뼈 화살을 날려댔다.

"큽!"

뼈 화살에 맞은 암살자가 모습을 드러냈다. 무혁과 멀지 않은 곳이었다. 스켈레톤들의 고개가 돌아갔다.

키릭?

휑하니 비어버린 동공이 마치 악마의 눈빛 같았다.

"이런, 젠자아아앙!"

암살자가 다급히 무혁에게 달려들었으나.

쿠웅.

주변에 있던 검뼈들이 방패로 막아버렸다.

척, 처척.

뒤이어 스켈레톤 군단에게 처참하게 짓밟히고 말았다.

2차 본선을 생방으로 보던 이들의 환호가 곳곳에서 울렸다. 월드컵이나 올림픽보다 더 격렬한 반응이었다.

"역시 토너먼트가 보는 맛이 있다니까."

"누가 우승하려나."

"할 녀석이 하겠지. 우린 즐겁게 감상이나 하자고."

치킨과 맥주를 곁들이면서.

"크으, 좋다!"

그러다 자연스럽게 집중하게 되는 장면들이 나온다.

최상위 랭커와 실력자들의 존재감. 그들의 강력한 스킬. 물 흐르는 듯한 움직임.

"우와, 멋지다."

"반응도 제대로 못하네."

"확실히 랭커라도 격차가 있구나."

그 즈음에 등장한 17팀. 연무장을 빼곡이 메운 소환수들을 바라보며 입을 떡하니 벌렸다.

"네, 네크로맨서가 저 정도였나?"

"그, 글쎄."

앞선 전투와는 분명히 다른 느낌. 유저와 유저의 대결이 아니라 이건 흡사 작은 전쟁을 보는 것만 같았다.

그 위용에 압도되었다.

"멋있는데……?"

홀딱 반할 정도로.

심사관이 다가왔다.

"그만!"

이로써 2차 본선을 통과하게 되었다.

"통과했습니다. 오른쪽으로 가서 대기하시면 됩니다."

"그럼."

가벼운 발걸음으로 연무장 오른쪽으로 향했다.

"쉽다, 쉬워."

"소환수가 워낙에 많았으니까."

에스카가 무혁을 물끄러미 쳐다봤다.

으음.

그의 표정이 꽤나 굳은 상태였다. 3차 본선을 앞둔 상황. 스켈레톤들이 얼마나 강한지 새삼스럽게 느낀 까닭이었다.

붙으면 꽤 귀찮겠어.

물론 질 것이라는 생각은 하지 않았다. 이내 잡념을 떨쳐 내는 에스카였다.

"오오!"

"역시……."

유저들의 탄성에 고개를 돌렸다.

연무장 위. 다크를 포함하여 최상위 랭커로만 꾸려진 1팀과 이미 기세를 잃어버린 20팀이 시야에 들어왔다. 강력한 폭발과 함께 마지막 유저가 연무장에서 튕겨 나갔다.

랭킹 1위는 역시나 1위? 진정한 실력자? 압도적 파괴력?

그런 건 애초에 확인할 수조차 없었다.

다크는 움직이지 않았으니까. 단 한 번도.

킬리만자로까지 손가락 하나 까딱하지 않았다. 1팀의 나머지 두 명이서 20팀의 네 명을 압도한 것이었다.

"……."

모두 숨을 죽였다.

"1팀 승리!"

심사관의 말에 뒤늦게 정신을 차렸다.

"후우."

일부 유저가 숨을 길게 뿜어냈다. 긴장했던 탓이리라.

"겨우 두 명이서."

"허어."

"너무 압도적이잖아."

화면으로 찍고 있던 방송사 감독 역시 마찬가지였다.

"무섭네, 무서워."

"진짜 랭킹 1위가 다르긴 하네요."

"다크는 움직이지도 않았어."

"안 움직여도 존재감이 차원이 다르잖아요."

"하긴."

인정할 수밖에 없었다.

정말로 대단해.

존재감이 차원이 달랐으니까.

"그래도 아직은 몰라."

"뭐를요?"

"누가 우승할지 말이야."

"그런가요?"

"그럼."

다크를 위협할 실력자는 분명히 존재하리라.

과연 그게 누가 될 것인가.

감독은 그나마 가능성이 보이는 유저 몇 명을 화면에 담았다. 그중에는 무혁 역시 포함되어 있었다.

아스라한은 루돌프와 한 팀이 되어 4 대 4 팀전을 치렀다. 아스라한과 루돌프가 각자 1.5인분의 몫을 한 덕분에 어렵지 않게 2차 본선을 통과했다.

"하, 빡세네."

"생각보다 재밌었다."

"재미는 얼어 죽을. 두 명을 잘못 골라서 고생만 했구만."

아스라한이 피식하고 웃었다.

"약하기는."

"뭐, 약해? 누가, 내가?"

"너 말고 누가 있더냐."

"하, 됐다. 말싸움할 힘도 없으니까."

루돌프가 입을 다문 채 고개를 돌려 무혁을 쳐다봤다.

"칫."

도대체 언제 도움을 청하겠다는 건지.

이내 잡념을 지운 그는 휴식을 취했다.

그사이 2차 본선도 막바지에 치달았다.

"마지막입니다."

드디어 마지막 4 대 4 대결.

"27팀의 승리입니다."

이로써 승자와 패자가 정확히 반으로 나뉘었다.

"승자 64명은 3차 본선에 진출하게 되었습니다. 3차 본선은 토너먼트로 이번 대회의 우승자를 가려낼 마지막 절차가 되겠습니다."

"토너먼트."

"드디어 마지막이구만."

"3차 본선은 내일 오후 2시에 시작됩니다."

유저들이 고개를 끄덕였다.

확실히 지치긴 했다. 시간도 꽤 늦은 상태였고 말이다.

"오늘은 방에서 휴식을 취하시면 됩니다."

심사관이 유저들을 인솔했다. 차례대로 방을 배정받았는데 한 사람이 하나의 방을 사용하는 형식이었다. 넓고 안락해서 휴식을 취하기엔 부족함이 없었다.

물론 전부 로그아웃을 하겠지만.

"그럼 쉬십시오."

"그러죠."

심사관이 지나가자마자 무혁은 접속을 해제했다.

"후아, 피곤하네."

샤워를 한 후 침대에 누웠다.

순간 미간이 찌푸려졌다.

"아……."

매트릭스가 삐걱거리면서 한쪽이 꺼진 탓이었다.

이런.

지금 당장 침대를 바꿀 순 없었다.

피곤하기도 하고 오늘은 그냥 자자.

매트릭스가 꺼지지 않는 쪽으로 이동한 후 몸을 새우처럼 말았다. 무릎 사이에 베개를 끼워 넣고 잠을 청했다.

5분은 지났을까.

"그르렁……."

코고는 소리가 집 안을 채웠다.

다음 날. 잠에서 깬 무혁은 침대에서 일어나자마자 한 손으로 허리를 받쳤다.

"으……."

평소보다 허리가 훨씬 뻐근했다. 눈길이 침대로 향했다. 상체를 숙여 손으로 매트릭스를 눌러봤다.

"하아, 바꿔야겠네."

중얼거리며 시간을 확인했다.

오전 9시. 오후 2시부터 토너먼트가 시작되니 시간은 여유로웠다.

지금 사야 하나?

토너먼트가 언제 끝나게 될지 확신할 수 없는 상황이라 미루기가 애매했다. 운이 나쁘면 오늘도 내려앉은 매트릭스에서 잠을 청해야 할지도 몰랐다.

그건 싫은데.

귀찮음을 무릅쓰고 움직이기로 했다.

인터넷은 당일 배송이 힘드니 패스. 백화점에 가야겠다.

샤워를 하고 깔끔한 옷을 입은 후 집을 나섰다. 걸음을 옮기면서 앱을 실행해서 일루전 주식을 확인했다.

주당 490만 원. 현재 무혁이 보유하고 있는 일루전 주식이 170주였다.

현금으로 환산하면 대략 8억. 어마어마한 액수였다.

내가 내 힘으로 8억을 모으다니. 예전이라면 꿈도 못 꿨으리라. 게다가 여유 자금으로 생활비 통장에 5천만 원을 넣어둔 상태였다.

절로 흡족한 마음이 올라왔다.

그래, 기왕에 사는 거 좋은 놈으로다가.

주차장에 세워진 차량에 올라타 시동을 걸었다. 멀지 않은 곳에 위치한 대한 백화점으로 향했다. 주차를 하고 가전제품 및 가구를 판매하는 7층으로 올라갔다. 느긋하게 돌면서 가격을 확인했다.

소파가 200만 원이라. 예전이었다면 호흡을 들이켰으리라.

뭐가 이렇게 비싸냐고.

요즘에는 꽤나 익숙해진 상태였다. 씀씀이도 나름 커졌고.

가볍게 지나친 후 침대를 판매하는 매장에 들어갔다.

"어서 오십시오."

"아, 네."

"특별히 찾으시는 거라고 있으신가요?"

"흐음, 아무래도 푹신하면서도 편안한 거요?"

"너무 푹신하면 오히려 좋지 않답니다."

"아, 그래요?"

"그럼요. 허리가 좋지 않으신 분들이 너무 푹신한 침대를 사용하면 오히려 더 허리에 부담이 가거든요. 그래서 그런 분들은 쿠션감이 적당히 있어야 한답니다."

"아, 저도 허리가 안 좋거든요."

"그럼 이 침대에 한 번 누워보시겠어요?"

"그럴까요?"

신발을 벗고 직원이 추천해 준 침대에 누웠다. 푹신하진 않았다. 그런데 묘하게 안락하면서 편안했다.

호오?

잠시 눈을 감아봤다.

확실히 허리가 편안하네.

근데 조금 아쉬웠다. 가격을 확인해보니 260만 원이었다.

"약간 아쉽네요."

"그럼 이건 어떠세요?"

가격이 더 올라갔다. 350만 원. 그런데 이것도 확 하고 끌리는 건 아니었다.

"여기도 한번 누워보시겠어요?"

이곳 매장에서 가장 비싼 침대였다. 650만 원. 거기에 눕는 순간 무혁은 탄성을 내뱉었다. 입꼬리 역시 절로 반달을 그릴 정도였다. 그 정도로 안락했다.

정말 구름에 누우면 이런 기분이지 않을까.

온몸이 노곤하게 풀리는 것만 같았다.

"이걸로 하죠."

"그, 그러시겠어요?"

설마 이렇게 단번에 구매할 줄은 몰랐는지 직원이 조금 놀란 표정을 지었다.

"아, 그럼 이쪽으로."

"그런데 당일 배송은 되나요?"

"잠시만요. 제가 알아보겠습니다."

직원이 컴퓨터로 향했다.

"다행히 물품이 각 사이즈별로 1개씩 있네요."

"그럼……?"

"당일 배송 가능합니다."

"다행이네요."

그 순간 문득 부모님이 떠올랐다.

두 분도 허리가 안 좋으신데, 침대도 좋지 않을 것이다.

안 바꾼 지 10년은 넘었으니까.

"3개가 있다고 했죠?"

"네."

그래도 가족이 아닌가. 그래, 누나 것도.

"그럼 킹, 퀸, 더블 사이즈 하나씩 주문하죠."

"세, 세 개나요?"

"네."

"알겠습니다! 일단 배송할 주소를 알려주시겠어요?"

"네, 서울특별시……."

두 개는 본가로. 하나는 지금 지내는 곳으로.

"다 됐습니다. 아, 그리고 잠시만요, 고객님."

"네, 뭐."

꽤 기다린 끝에 직원이 웃으며 말했다.

"킹 사이즈가 700만 원, 퀸 사이즈가 670만 원, 더블 사이즈가 650만 원입니다. 2,020만 원인데 재량으로 할인을 최대한해서 1,900만 원만 결제하시면 되겠습니다."

"할인이 꽤 되네요?"

물론 그럼에도 불구하고 상당히 큰 액수였다.

그래도, 뭐. 돈이야 쓰라고 버는 것.

쓸 땐 쓸 생각이었다.

"여기요."

"몇 개월로 해드릴까요?"

"일시불."

"아, 알겠습니다."

"몇 시에 될까요?"

"편하신 시간 말씀해 주시겠어요?"

"음, 여기 있는 주소로는 킹이랑 더블 사이즈를 보내시면 되는데 이건 최대한 빨리 처리해 주시고요. 킹 사이즈는 오후 7시 정도로 하죠."

"알겠습니다."

직원이 카드와 영수증을 건넸다. 한순간에 거금이 빠져나갔지만, 마음만은 뿌듯했다.

깜짝 놀라겠지?

그런 상상을 하며 헬스장으로 향했다.

운동을 끝냈을 즈음. 여자 트레이너가 다가왔다.

"끝나셨나 봐요."

"아, 네."

"보니까 이틀 뒤에 헬스 기간이 끝나더라고요."

"그래요?"

"모르셨나 봐요."

"네, 요즘 정신이 없어서."

"그러실 줄 알았어요."

그녀가 부드럽게 웃었다. 물론 미소보다는 몸매에 자꾸만 시선이 갔지만.

"크흠."

"연장하실 건가요?"

"해야죠."

무혁은 지갑에서 카드를 꺼냈다.

"1년 결제해 주세요."

"어머, 1년이나요?"

"네."

"저랑 그럼 더 오래오래 보시겠네요."

이건 유혹일까, 아닐까.

무혁은 고개를 털었다.

흔한 서비스 정신이겠지, 뭐.

"그렇겠네요."

"기뻐요."

"하하, 저도요."

"그럼 내일 또 봐요."

"네."

무혁은 그녀와 인사를 마친 후 헬스장을 나섰다. 가는 길에 간단하게 밥을 먹고 집에서 일루전에 접속했다.

기다렸다는 듯이 성민우가 다가왔다.

"뭐야? 왜 여기 있어?"

"넌 왜 이렇게 늦게 온 건데?"

"늦진 않았는데."

"벌써 1시가 훌쩍 넘었잖아."

"2시부터 시작 아니냐?"

"어, 그렇긴 하지?"

"그럼 안 늦었네."

"그, 그렇긴 한데."

뭔가 억울하단 표정의 성민우였다.

"왜? 넌 몇 시에 왔는데?"

"나? 그냥 일어나자마자."

"그게 몇 신데?"

"어, 9시?"

"미친놈."

무혁이 크큭거리며 웃었다.

"얼마나 기다린 거냐?"

"오, 오래?"

"그냥 나갔다가 다시 들어오지 그랬냐?"

"어차피 할 것도 없고……."

"에휴, 뭐, 이제 곧 시작하니까 일단 가기나 하자."

함께 홀로 나섰다.

본선 3차. 마지막 토너먼트에 참여하게 될 유저들이 보였다. 중앙에는 심사관이 있었고.

"20분 남았군요."

그의 목소리가 퍼졌다.

"인원부터 파악하도록 하죠."

그가 유저들을 훑었다.

"아직 한 분이 덜 왔군요. 조금 기다리도록 하겠습니다."

그의 말이 끝나기가 무섭게 그 한 명의 유저가 등장했다. 모두 그 유저를 쳐다봤는데 그 시선이 꽤 부담스러운지 당사자가 억지웃음을 지었다.

"다 왔으니 간단하게 설명하겠습니다. 가장 처음에 받았던 알파벳과 숫자가 여전히 손목에 있을 겁니다."

무혁이 손목을 확인했다.

B조 98번.

"그 손목의 번호 순으로 대결이 치러질 겁니다."

그 말에 무혁이 성민우를 쳐다봤다.

"너 몇 번이랬지?"

"나 F조 61번."

다행이라고 생각하는 무혁이었다.

거리가 꽤 있어.

"총 64명, 한 번 승리하면 32강. 두 번을 이기면 16강에 오르게 됩니다. 여섯 번 승리할 경우 우승자가 되겠지요."

여섯 번의 대결. 그리 오래 걸리진 않을 것 같았다.

"이제 10분 남았군요. 모두 따라오시길 바랍니다."

심사관을 따라 복도를 거닐었다. 거대한 문을 열었다. 빛과 함께 함성이 터져 나왔다.

"우와아아아아!"

"기다렸다!"

엄청난 수의 유저가 경기를 관람하기 위해 자리를 잡고 있었다. 방송국 관계자도 마찬가지였고. 생각하지 못했던 장면에 모두 조금 놀란 표정을 지었다. 이내 흥분으로 치환되면서 심장이 고동치기 시작했다.

두근, 두근.

드디어 시작된 것이다, 마지막 대결이.

응원의 소리가 한참 동안 이어졌다.

"빨리 시작해라!"

"어서, 어서!"

"우오오오오오!"

그 함성을 꿰뚫고 들어오는 한 줄기 음성.

"주목해 주십시오."

심사관의 것이었다.

"지금부터 대결을 시작하겠습니다. 먼저 A조 2번과 A조 187번, 두 분은 연무장으로 올라와 주십시오."

A조 2번은 다크와 함께 있던 유저.

"킬리만자로라고 합니다."

상대는.

"데스입니다."

심사관이 고개를 끄덕였다.

"그럼 대결을 시작합니다!"

킬리만자로는 활을, 데스는 검과 방패를 꺼냈다. 데스가 먼저 다가섰다. 킬리만자로는 웃으며 시위를 놓았다.

파아아아앙!

손이 엄청난 속도로 움직였다.

"어……?"

데스가 고개를 갸웃거렸다. 화살이 하나였기 때문이다.

뭐지?

지척에 도달한 화살을 간단하게 쳐 냈다. 파칵 하는 소리와 함께 한 대의 화살이 왼쪽으로 날아갔음에도 불구하고 여전히 화살이 다가오고 있었다.

이, 이런!

한 대가 아니었던 것이다. 수십 대의 화살이 마치 한 대처럼 보일 정도로 완벽하게 쏘아진 것이었다.

도저히 막을 수 없었다. 몸을 옆으로 날렸다.

흐읍!

그런데 기현상이 일어났다. 앞으로 뻗어 나가던 화살이 급격하게 휘더니 데스를 쫓아가기 시작한 것이다.

그 살벌한 기세에 다급히 방패를 들어 올렸다. 화살이 연이어 방패를 가격한다.

툭, 투두두둑!

문제는 킬리만자로가 아직도 손을 움직이고 있다는 사실이었다.

파아아아앙!

화살이 비처럼 쏟아졌다.

첫 번째 경기의 승자는 킬리만자로였다. 이후 세 번의 경기가 더 치러졌다.

그리고 지금은 네 번째 경기.

"B조 98번."

무혁의 번호가 불렸다. 그가 연무장으로 올라갔다.

"B조 331번."

고개를 돌려 상대를 확인했다. 아데온은 아니었다.

"이름은?"

"무혁."

"미라클."

지켜보던 이들이 함성을 질렀다.

"우와아아아!"

사실 연무장에 올라가는 유저가 누구인지 제대로 아는 관중은 거의 없었다. 하지만 여기까지 올라온 이상 실력이야 확실한 게 아니겠는가.

"아무나 이겨라!"

그 탓에 응원의 소리는 줄어들지 않았다.

"그래, 아무나 이겨라!"

"박살 내버려!"

관중석은 흥분의 도가니였다. 카메라맨들은 그런 관중석도 예의 주시하며 화면에 담았다. 그중에 한 사람, 2차 예선전을 처음부터 끝까지 지켜봤던 카메라맨 한 명이 등장한 무혁을 보며 미소를 지었다.

나왔구나.

다른 유저와는 근본적으로 다르다. 화려하진 않지만 시선을 사로잡는다. 대부분의 유저는 홀로 싸우기에 스킬에만 집중하게 된다. 싸우는 패턴도 비슷하다. 아무리 전투가 치열하고 재밌어도 매번 비슷한 장면을 보게 되면 지루해지게 마련이다.

그 지루함을 파괴시켜 줄 인물. 그게 바로 무혁이다.

좋아, 제대로 잡아보자고. 보다 더 강력하게.

카메라맨은 자리를 이동해 무혁의 얼굴이 나오도록 만들었다.

시작하라고, 어서.

"무혁과 미라클의 대결을 시작합니다!"

심사관이 내려갔다. 아무런 전조도 없이 공기가 떨려왔다.

그래, 이거야.

카메라맨의 얼굴이 상기되었다.

쿠웅.

이윽고 나타난 수십 마리의 스켈레톤. 그 압도적인 위용에 침이 꿀꺽하고 삼켜졌다. 2미터가 훌쩍 넘어가는 키에 대충 봐도 단단해 보이는 뼈 갑옷.

녀석들이 동시에 덤벼든다면?

생각만으로도 소름이 돋았다.

제대로 담아보자고!

카메라맨은 이리저리 바쁘게 움직였다.

키릭.

움직이기 시작하는 녀석들.

상대방의 반응은?

화면을 옮겨 무혁의 상대인 미라클을 담았다. 투구 사이로 드러난 그의 눈빛이 심하게 흔들리고 있었다. 은연중에 무시하고 있던 스켈레톤들이다. 그런 녀석들에게서 거대한 압박감이 느껴지고 있으니 당황하는 것도 무리가 아니었다.

검과 방패를 강하게 쥔 채로 뒤로 주춤 물러나는 미라클. 이윽고 연무장의 끝에서 멈춘 그가 결심을 굳힌 듯 자세를 취한다. 그런 미라클을 향해 나아가는 스켈레톤 대군.

긴장감이 극도로 달하고.

키아아아아악!

특이하게 생긴 스켈레톤의 괴성으로 전투가 시작되었다.

"우와아아……."

환호는 길지 않았다. 전투가 너무 일방적인 탓이었다. 처절할 정도로.

무혁은 움직이지 않았다.

오직 스켈레톤만으로 상대 유저인 미라클을 압도했다.

"젠장! 이대로 질 수는……!"

그가 절규했으나 무시했다.

승자가 곧 진리. 무혁은 아머나이트에게 명령했다.

강한 일격.

수십의 아머나이트가 지니고 있던 각양각색의 무기가 모두

빛을 머금었다. 이윽고 휘둘러졌고 거대한 소리와 함께 미라클이 사라졌다. HP가 0이 되면서 연무장에서 튕겨진 것이었다. 심사관이 올라와 크게 외쳤다.

"무혁, 승리!"

그제야 함성이 터져 나왔다.

"우와아아아!"

"최고다!"

"이건 진짜로 지렸다!"

연무장을 가득 채우고 있던 스켈레톤들이 사라졌다.

홀로 우뚝 선 무혁. 잠시 좌중을 훑어보던 그가 천천히 연무장을 내려갔다.

그의 표정이 말하고 있었다. 승리는 당연한 것이라고.

사실 무혁의 입장에서는 그렇다. 실력자나 최상위 랭커가 아닌 유저에게 질 수는 없는 일이었나.

그 정도로 어수룩하게 게임을 해오진 않았으니까.

그 많은 정보를 가지고 성장했는데 패배를 한다? 그게 오히려 더 이상한 일이었다.

물론 숨은 실력자와 최상위 랭커를 상대한다면 이야기가 달라질 것이다. 그들의 재능이 참으로 뛰어났으니까.

백랑만 봐도 알 수 있는 부분이었다.

16강부터가 진짜다. 어차피 32강에서는 세 번째 경기의 승자와 붙게 된다. 그의 실력은 그리 대단한 게 아니었기에 스켈레톤만으로도 이긴다고 확신하고 있었다.

감각만 유지하면 돼. 무혁이 움직이는 것은 그 이후다.

진짜 실력은 그들을 상대할 때 사용하리라. 자그마한 방심을 꿰뚫기 위해서.

"우와아아아!"

여전히 울리는 함성을 뒤로 한 채 승자만이 누릴 수 있는 대기실로 향했다. 이미 승리한 이들이 곳곳에 배치되어 있는 의자에 앉거나 침대에 누워 있었다. 가장 처음 예선전을 통과했던 킬리만자로를 슬쩍 바라봤다.

32강전에서 승리하여 16강에 오르게 되면 그와 붙게 될 확률이 아주 높았기 때문이다. 킬리만자로가 32강에서 떨어질 거란 생각은 조금도 들지 않았으니까.

이내 고개를 정면으로 한 후 비어 있는 침대를 차지했다.

한 경기에 짧으면 1분, 길어야 5분이다. 남은 인원은 총 56명, 28팀이다. 평균 3분으로 잡아도 90분이 걸리지 않으리라. 지금이 2시 15분. 4시가 되기 전에 64강이 종료될 것이다.

그래도 꽤 시간은 있네.

무혁은 침대에 누워 충분히 휴식을 취한 후 오른쪽 개인 공간으로 들어가 1회용 제작 도구를 꺼냈다.

한시라도 더 빨리 제작 스킬을 마스터로 올려야 한다.

곧 아이템 혁명이 불어닥칠 것이다.

다른 대장장이에게 맡길 수도 있겠지만 그러면 초반 비용이 너무 많이 든다. 돈이야 충분히 벌지만 그렇다고 낭비하고 싶진 않았다. 조금 늦더라도 직접 만들어내서 꾸준히 이어가는 것이 더 현명하리라.

카아앙!

망치를 강하게 휘둘렀다.

[결을 맞혔습니다.]

높은 손재주와 힘. 두 가지가 어우러지며 보다 더 빠른 작업이 가능해졌다.

카아앙!

무기 하나를 제작하는 데 걸리는 시간은 겨우 몇 분.

['돌아오는 단검'을 제작했습니다.]

만들어진 단검을 옆으로 밀어낸 후 다음 무기를 제작했다.

한 개, 두 개, 그리고 세 개.

[무구 제작 스킬의 레벨이 상승합니다.]

오랜만에 제작 스킬이 성장했다.

현재 레벨이 17. 이제 세 번만 더 레벨을 올리면 제작 스킬을 마스터하게 된다.

얼마 안 남았어.

무혁은 망치를 내려놓고 오랜만에 상태창을 확인했다. 120이라는 레벨과 무수한 칭호가 먼저 눈에 들어온다. 이후 가장 중요한 기본 스탯이 미소를 짓게 만들었다.

힘 : 91 / 민첩 : 67 / 체력 : 79

지식 : 39 / 지혜 : 57

레벨에 비해 아주 높은 수치였다. 물론 아이템의 영향이 컸지만 그것 역시 결국 무혁의 것이었으니까.

한동안 감상하던 무혁이 시간을 확인했다.

3시 12분.

개인 공간에서 나가니 꽤 많은 유저가 대기실 곳곳을 차지하고 있었다.

"여, 어디에 있다 온 거야?"

"아, 작업실."

"작업실?"

"어."

성민우가 황당하다는 표정을 지었다.

"이 상황에서 제작을?"

"뭐, 시간도 넉넉하고."

"너도 참."

그가 고개를 저으며 다가왔다.

"일단 쉬자고. 지금 거의 다 끝났으니까."

"그래? 몇 팀 정도 남았는데?"

"3팀 남았더라."

10분 정도면 끝이 날 모양이었다.

"금방이네."

"어, 오늘 저녁이면 우승자도 나오겠던데."

무혁은 대화를 나누며 주변을 훑었다.

아데온, 아스라한, 루폴드, 에스카.

네 사람 모두 32강까지 오른 상태였다.

몇 분 지나지 않아 한 명의 유저가 대기실로 들어왔다. 이제 2팀이 남았다. 3분도 지나지 않아 한 명이 또 등장했고, 그 이후 마지막 승자가 대기실로 들어왔다.

그 옆에 위치한 심사관이 보였다.

"10분 휴식 후에 32강전을 시작하겠습니다. 5분 뒤에 모두 밖으로 나오시면 됩니다."

5분은 금방 흘러갔다. 한 명씩 대기실을 빠져나가 연무장으로 향했다.

"우리도 가자."

"그래."

무혁과 성민우도 걸음을 옮겼다.

"어서 시작해라!"

"궁금하다!"

"난 지루하다!"

관객의 아우성을 뒤로한 채 시간이 지나길 기다린다.

심사관이 연무장에 올라갔다.

"지금부터 32강전을 시작하겠습니다!"

첫 번째 대결. 킬리만자로와 한 명의 마법사.

마법사는 처음부터 불 속성 범위 마법을 펼쳤다. 막거나 피해야 하건만 킬리만자로는 어디로도 움직이지 않았다. 막을 생각도 없어 보였고. 다만 활을 들어 시위에 화살을 걸 뿐이었다.

다들 의아하게 생각하는 순간, 화살이 쏘아졌다.

한 대, 두 대, 어느새 열 대. 엄청난 속사였다. 첫 번째 화살이 마법과 부딪혔다.

치이익.

허무하게 녹아버렸지만 두 대, 세 대, 그리고 열 대, 스무 대의 화살이 계속해서 날아오면서 변화가 일어났다. 누가 보더라도 알 수 있을 정도로 마법의 화력이 약해진 것이었다. 뒤이어 빛을 머금은 화살이 마법을 그대로 꿰뚫어 버렸다.

화살은 그대로 마법사가 펼친 실드 마법에 부딪혔다.

카강!

놀란 마법사가 다시 공격을 펼쳤다. 하지만 마찬가지였다.

킬리만자로는 끝없이 화살을 쏘아 보내기만 했다. 무수한 화살로 마법의 위력을 낮추고 스킬로 파괴했다. 그리고 실드에 충격을 줬다.

쾅, 콰아앙!

그는 마법사를 상대로 단 한 걸음도 움직이지 않은 채.

"킬리만자로 승!"

승리를 거둬냈다.

"다음은……."

무혁과 궁수 유저의 대결이었다.

"소환."

묘하게도 킬리만자로와 비슷하게 상황이 흘러갔다. 스켈레톤을 소환한 무혁 역시 한 걸음도 움직이지 않은 것이다.

"둘 다 한 걸음도 안 움직였어."

"한 걸음이 뭐냐. 손가락도 까딱 안 했어."

"허, 대단하다."

승리를 한 무혁이 내려갔을 즈음.

"어, 그러고 보니까."

"왜?"

"16강 첫 번째 대결이 킬리만자로랑 무혁이잖아!"

"헙, 그러네!"

기대되는 정보를 머릿속에 집어넣은 후 다음 대결을 눈에 담았다.

한편, 16강 진출을 확정지었으나 무혁의 표정은 조금 굳어 있는 상태였다. 대회가 끝나지 않아서라기보다는 조금 후에 시작될 성민우의 대결이 걱정되었기 때문이다. 그래서 대기실로 향하지 않은 채 연무장 아래에서 기다렸다.

몇 명의 대결이 끝나고 드디어 차례가 왔다.

"다음은 F조 61번, F조 79번!"

성민우가 몸을 일으켰다.

"이기고 오마!"

"그러든가."

대수롭지 않게 대답했으나 속내는 달랐다.

어려울지도.

상대방이 숨은 실력자였던 탓이다.

심사관이 이름을 물었다.

"강철주먹이요."

상대방에게도 마찬가지였다.

"차하이젠."

고개를 끄덕인 후 외쳤다.

"강철주먹과 차하이젠의 대결을 시작합니다!"

성민우는 서둘러 정령을 소환했다.

8마리의 작은 정령.

그리고 4마리의 거대한 정령.

총 12마리가 성민우를 보호하듯이 자리 잡았다. 차하이젠은 한 손에 하나씩 단검을 그러쥐었고 둘은 누가 먼저랄 것도 없이 서로를 향해 돌진했다.

파바밧.

성민우와 정령들이 강한 힘으로 상대를 짓누르는 방패라면 차하이젠은 빠른 속도로 틈을 파고드는 송곳이었다.

마치 번개처럼 쏘아진 차하이젠이 선두에 있는 정령을 그대로 통과했다. 실상은 가볍게 턴을 하면서 나아간 것이지만 너무 빨라서 턴을 하는 모습은 거의 보이지 않았다. 특히나 성민우의 입장에서는 더욱 그러했다.

정령의 시야에 살짝 가려져 있던 차하이젠이 갑자기 눈앞에 나타난 기분이었다.

그 탓에 반사적으로 주먹을 휘둘러 버렸다. 치하이젠은 가볍게 피하며 보다 더 가까이 다가왔다. 빈틈을 만들어준 꼴이 되어버렸다.

이런.

차하이젠의 단검이 날아들었다.

서걱.

갑옷으로 가려지지 않는 부위를 갈라버렸다.

[498의 대미지를 …….]

HP가 크게 줄어버렸다.

당할 수만은 없지.

살점이 뜯겼다면 뼈는 취해야 하지 않겠는가. 사방에 위치하고 있던 정령들에게 각종 마법 공격을 지시했다. 물론 그전에 어스에게 지시해서 바닥을 솟구치게 만들었다.

정확하게 성민우 본인이 밟고 있는 바닥만 솟구치도록 말이다. 덕분에 차하이젠은 아래에서 성민우를 올려다보는 모양새가 되었다.

성민우는 뒤로 점프하여 정령 공격의 사정권으로부터 벗어났다. 차하이젠은 도망칠 공간이 없으리라.

쾅, 콰아아앙!

바닥에 착지하는 동안 분명하게 확인했다. 마법 공격이 차하이젠을 뒤덮은 것을 말이다.

연이어 마법 공격을 지시했다.

콰아아앙!

곧바로 정령들을 접근시켰다. 근접에서 끝내 버릴 심산이었다.

그리고, 나도.

성민우 역시 주먹을 강하게 쥐었다.

철컥.

너클을 튀어나오게 만든 후 정령들을 쫓아 차하이젠이 위치한 곳으로 달려갔다. 폭발로 인한 먼지가 사라지면서 차하이젠의 모습이 드러났다. 단검을 교차한 상태로 한쪽 무릎을 꿇고 있었다.

누가 보더라도 위태로운 모습이었다. 하지만 정작 차하이젠에게 다가가는 성민우의 표정은 빠르게 굳어갔다.

본능이 경고하고 있었다.

위험하다고.

거리가 좁혀질수록 본능이 더욱 거칠게 울었다. 그렇다고 지금의 기회를 놓치고 싶지는 않았다. 아니, 그걸 떠나서 방향을 틀기엔 너무 늦어버렸다. 이미 지척에까지 도달한 상태였으니까.

그 순간 차하이젠이 고개를 들었다.

번뜩이는 시선. 동시에 뿜어지는 섬광까지.

"흡……!"

섬광이 정령과 성민우를 휘감았다. 시야가 순식간에 백색으로 물들면서 아무것도 보이지 않게 되었다. 감각도, 시야도 모든 것이 마비되었다. 하지만 그러한 공간에서도 움직이는 존재가 있었다.

차하이젠이었다.

섬광이 사라지고 연무장 위의 상황이 보였다. 성민우는 움직이지 않고 있었고 정령들은 차하이젠에게 일방적으로 공격을 당하는 중이었다. 상하좌우에 위치한 정령들이 번갈아가면서 공격을 당하고 있었는데 마치 차하이젠이 여러 명 존재하는 것만 같은 착각이 들었다.

그 재빠른 움직임으로 순식간에 작은 정령 8마리를 처리했다.

그 즈음, 시야를 되찾은 성민우가 남은 네 마리의 주요 정령과 함께 차하이젠에게 다가갔다.

두 자루의 단검. 두 주먹의 너클.

카강, 카가각!

불꽃을 튀기며 부딪치는 쇳덩어리들.

"크읍!"

성민우가 한 번 공격을 성공시키면 차하이젠은 세 번의 유효

타를 입혔다. 물론 네 마리의 정령이 추가로 공격을 먹이고 있었기에 결코 불리하다고 생각하지 않는 성민우였다.

이길 수 있어. 상대는 빠른 움직임의 도적 계열. 난 무투가 계열이니까.

스탯 역시 체력에 비중을 둔 상태였다. 그러니 비슷한 수준의 타격을 서로에게 입힌다면 당연히 HP가 높은 성민우가 유리했다.

버티자, 버티는 거야.

그러면서도 공격을 늦추지 않았다. 마지막 기회를 위해서.

오직 단 한 번의 공격을 위해 자잘한 기술만을 사용했다. 버티는 것과 동시에 방심까지 유도하려는 것이다.

HP가 절반 아래로 떨어졌다. 그에 반해서 차하이젠은 아직 여유가 있어 보였다.

생각보다 HP가 높은 걸까? 아니면 유효타가 적었나?

"후우……."

아니, 그냥 차하이젠의 대미지가 비정상적으로 높았던 모양이었다.

그래도 괜찮아, 아직은.

아주 자그마한 방심. 그것만 유도하면 된다.

조금만 더.

또다시 부딪혔다.

칵, 카가가각.

몇 번이나 반복했을까.

더 이상은……

힘들다는 생각이 뇌리를 스칠 즈음, 성민우는 자기도 모르게 균형을 잃고 비틀거렸다. 연기가 아니라 진짜였는데 차하이젠은 그 순간을 기회라고 여겼는지 빠르게 접근해 왔다.

어……!

성민우의 눈이 빛났다.

정령들의 위치가 절묘했던 것이다.

기회가 왔다. 완벽한 스킬을 사용할 수 있는 기회.

연계 공격!

성민우과 정령들이 신체가 붉게 빛났다.

……!

파이어의 움직임이 순간적으로 2배는 빨라지더니 차하이젠의 목덜미를 물었다. 직후 그가 밟고 있던 지면이 들썩이며 하늘로 솟구쳤다. 성민우는 윈드가 만들어준 바람의 계단을 밟아 차하이젠에게 쇄도했다.

차하이젠이 뒤로 물러나려는 순간 솟구쳤던 바닥이 거대한 손으로 변하더니 그의 하체를 움켜쥐었다. 그사이 접근한 성민우가 앞으로 한 바퀴 구른 후 양발을 사용하여 차하이젠의 복부를 타격했다.

콰앙!

큰 소리와 함께 차하이젠이 보다 더 높이 떠올랐다.

성민우 역시 점프했다. 보이지 않는 계단이 생성되고, 그것을 밟으며 끝없이 주먹을 꽂아 넣었다.

퍽, 퍼버버벅.

건물의 천장에 다다랐을 즈음 차하이젠의 뒤로 이동한 성민우가 양손과 양발로 그를 제압했다. 그 순간 워터가 던진 물의 검이 차하이젠의 복부에 꽂혔다. 이것으로 차하이젠의 움직임은 2초간 경직되었다.

직후 차하이젠의 하체를 집어삼키고 있던 모래의 손이 움직였다. 차하이젠의 다리를 강하게 잡은 채 아래로 던져 버린 것이다. 성민우의 무게까지 더해지면서 가속도가 붙었다.

무서울 정도로 빨랐다.

지면과 가까워졌을 때 파이어가 달려와 차하이젠의 발을 물었고 윈드가 날아와 머리를 강하게 쥐었다.

성민우는 제압하던 자세를 풀어낸 후 한 바퀴 회전하며 발등으로 눈앞에 보이는 차하이젠의 등을 내려찍었다.

이걸로 끝이……?

성민우의 미간이 갑자기 찌푸려졌다. 마지막 순간 은은하게 빛나는 무언가가 차하이젠을 감싸고 있는 걸 확인한 탓이었다.

콰아앙!

바닥에 처박힌 차하이젠이 꾸물거리며 일어났다. 성민우가 다급히 접근하여 공격을 퍼부었지만 무언가에 막혀 버렸다.

"뭐야……?"

차하이젠이 비릿하게 웃었다.

그의 직업 특성. 불사신이 발동한 것이다.

HP가 1퍼센트까지 떨어질 경우 3초간 무적. 20퍼센트에 해당하는 HP 즉시 회복. 모든 신체 능력을 3분간 10퍼센트 상승시키는 괴물 같은 특성이 말이다.

역전의 기미가 보이지 않았음에도 성민우는 끝까지 포기하지 않았다. 정령들을 최대한 이용하면서 끈질기게 버텼다. 그러나 그 버팀도 결국 한계에 이르렀다.

"젠장……."

욕설과 함께 성민우의 신체가 흐려졌다. 연무장 밖으로 튕겨 나간 것이다.

"대결 종료! 차하이젠 승리!"

성민우가 어깨를 으쓱거리더니 무혁에게 다가왔다.

"하, 아쉽다, 아쉬워. 진짜 HP가 조금만 더 높았어도……."

성민우가 고개를 저었다.

"아니지. 저 이상한 녀석이 그 말도 안 되는 스킬만 안 썼어도 이긴 건데! 무슨 저딴 스킬이 다 있어? 아무리 때려도 공격이 먹히질 않더라고. 거의 한 10초는 된 것 같던데?"

"3초."

"3초가 원래 그렇게 기냐?"

"어, 길지."

"아무튼! 게다가 그 이후로 움직임도 더 빨라졌더라니까?"

한동안 성민우의 투덜거림을 들어줬다.

"쩝, 그래도 뭐……."

거의 끝난 모양이었다.

"최선을 다했으니까."

그와 함께 찌푸려졌던 표정이 펼쳐졌다.

아쉬움은 없어 보였다.

"네 최고의 라이벌이 없어졌으니 1위 먹어라."

"라이벌? 네가?"

"당연하잖아?"

"헛소리하기는."

"크크, 아무튼 난 이제 좀 쉬어야겠다."

"그래, 끝나고 보자."

"콜, 생방으로 보고 있으마."

"그러든가."

성민우가 로그아웃을 했다.

예상은 했지만, 그래도 친한 친구가 떨어지니 아쉬웠다.

뭐, 나도 떨어질 수도 있으니까.

우승을 장담할 수 없는 상대들이 너무 많았다. 다음에 붙게 되는 킬리만자로만 봐도 그랬다. 속사의 대가. 끝없는 화살의 연계 공격을 어떻게 파헤칠지가 관건이었다.

그때까진 쉬자고.

대기실에서 짧은 휴식을 즐겼다.

캡슐에서 나온 성민우는 샤워를 한 후 냉장고에서 과자 한 봉지를 꺼냈다. 침대에 누워 TV를 트니 일루전 토너먼트 대결이 화면에 나왔다.

"아직도야?"

여전히 16강전이었다.

"뭐, 거의 끝나긴 했네."

중얼거리며 화면에 집중했다. 확실히 달랐다.

"오오!"

이게 바로 촬영의 힘인 것일까.

화면이 다각도로 나오는 덕분에 지루함이 전혀 없었다. 현장에서 직접 볼 때보다 더 화려했고 또 현란했다.

"크, 좋구만."

이렇게 누워서 보니 더 즐거웠다.

"진즉 떨어질걸."

편안하게 누워 감상하는 이 재미란, 한마디로 꿀맛이었다.

"오, 끝났다."

16강전이 끝나고 8강전이 시작되었다.

8강에 오르기 위한 16명. 그 첫 번째 격돌의 주인공은 바로 무혁과 킬리만자로였다.

[대결을 시작합니다!]

자세를 고쳐 잡았다.

이겨라.

속으로 응원하면서 과자 하나를 집어먹었다.

아그작.

그 순간 화면이 크게 확대되었다. 무혁의 손짓 한 번에 수십의 스켈레톤이 연무장을 가득 채웠는데 지금 이 모습이 어쩌면 최고의 명장면이 아닐까 싶을 정도로 멋있었다.

-역시 대단한데요.

-유저 무혁의 경우 직업이 조폭 네크로맨서인데요. 아마 그 어떤 유저와 비교해도 저보다 더 많은 소환수를 부리는 직업은 없을 겁니다.

-소환하는 장면 자체가 장관이에요, 장관.

해설까지 나오니 금상첨화였다.

크, 죽인다.

그리고 미처 자리를 잡지 못한 스켈레톤을 향해 화살을 날리기 시작하는 킬리만자로.

-정말 속도가 엄청나죠?

-슬로우 기능을 사용해야 겨우 볼 수 있을 정도니까요.

-게다가 파괴력도 엄청나고요.

-그런 무서운 화살들이 끝도 없이 뻗어 나가고 있어요! 아, 벌써 스켈레톤 몇 마리가 부서졌는데요!

-하지만 단순한 공격만으로는 한계가 있어요. 지금 벌써 덩치가 큰 스켈레톤들, 일명 아머나이트가 빠르게 접근하고 있습니다!

-유저 킬리만자로, 움직이는 걸까요?

-움직이게 된다면 이번 3차 본선에 들어서 최초가 되는 거죠?

-그렇습니다. 무혁과 킬리만자로 두 선수 모두 본선에서는 한 걸음도 움직이지 않은 것으로 유명하니까요.

-이거, 정말 재밌는데요?

과연 이번에는 누가 먼저 움직일 것인가.

결과도 중요하지만 그 과정 역시 놓칠 수 없는 재미였다.

to be continued